王子様のおもちゃ。

Kaede & Ryunosuke

橘 志摩

Shima Tachibana

Eternity

EB
エタニティ文庫

目次

王子様のおもちゃ。

1　運命の日

――それはまるで、マンガのような出会いだった。

駅に向かって猛ダッシュしていた私は、ちらりと腕時計に目をやった。時刻は午前十時を回ったくらいだ。

麻生楓《あそうかえで》、二十六歳、ただ今絶賛再就職活動中。

今日も面接に向かう為、私は急いでいた。けれど次の瞬間、ドンッと身体に衝撃が走り、豪快《ごうかい》に尻もちをつく。

そのとき、口をついて出た声は「うあっ！」というもの。

残念ながら、とっさに「きゃあ！」なんて可愛らしい悲鳴を上げられるような性格じゃない。

「いたた」と声を漏《も》らしながら立ち上がろうとすると、すっと目の前に手を差し出された。思わずその手を凝視《ぎょうし》する。

「――すみません、俺、前をよく見てなくて……。大丈夫ですか？」

見上げるとそこにはガタイがよくてかっこいい、爽やかなお兄さんが立っていた。困っているような、戸惑っているような彼の表情に一瞬見惚《みと》れる。

「……あ、はい……」

とっさのことで、間抜けな返事しかできなかった。彼はそんな私の手をぐっと引いて、立ち上がらせてくれた。力強く、男らしい手だった。それから彼は、私の服についた砂《すな》埃《ぼこり》を優しくはたいてくれる。

「怪我はない？」

「あ、……はい、大丈夫です……」

「そう、よかった。本当にすみませんでした」

彼は申し訳なさそうに頭を下げる。

「いえ……こちらも急いでいて、前方不注意でしたので気にしないでください」

そんな彼の様子に私も心苦しくなった。

が、次の瞬間、腕時計が目に入った私はそんな気分も吹き飛んだ。全身の血の気が引いていく。

どうしよう、急がないと面接に間に合わなくなる！

「ごっ、ごめんなさい！　私もう行かなきゃ!!　本当にすみませんでした!!」

「え、あ……！」

次の電車に乗り遅れたらヤバイ！

私は彼のことを気にしつつも走り出した。

低めではあるけれど、今日はヒールのあるパンプスを履いている。だからそんなに速くは走れない、つまりなおのこと時間に余裕がないってことだ。私のこれからの人生がかかっている今日、なんとしても遅れる訳にはいかない。

再就職を切望する私に、やっと訪れた最終面接。

逃してたまるか安定企業！

化粧が崩れるのもかまわず、汗だくになりながら、なんとか私は電車に滑《すべ》り込んだ。


「——七番、麻生楓と申します。本日はよろしくお願い致します」

斜め四十五度、完璧な角度で一礼してから椅子に腰を下ろした。

居並ぶ重役を前にして、緊張が走る。笑顔は少し引きつっているかもしれないが、それは仕方ないと思ってください。

それからいくつか質問をされ、私は言葉を選びながら答えていく。

前職は総務経理だったから、この会社での希望職種も総務や経理だと伝えた。

この年でフリーターなどしていられないと、アルバイトをしながら就職活動に励むこと半年、初めてたどり着いた最終面接なのだ。どうしても決めたい。ようやく手にした大チャンスを前におのずと緊張が高まっていく。

実際就職難とは聞いていたけれど、まさかこんなに就活が長引くなんて思わなかった。前職では、ずっと総務経理を担当していた。大学卒業から三年間みっちり働いてきたから、それなりにキャリアもあるつもりだし、資格だってもっている。

前職をやめた原因が「アレ」だけれど、人間関係だってうまく築ける性分だと思う。自分ではそう思っていたけれど、私の就職活動はかなり難航していた。次々届く不採用通知に、就活を始めた当初はへこんでばかりいた。

働くなとか、働いても使えないとか、そう言われているような気がしてしかたなかった。でもあるときから、落ちて当然、受かったら奇跡と開き直った。そう開き直ったらチャンスが舞い込んできたのだ。

この会社の一次面接の合格通知をもらったときは、飛び上がるほど驚いた。

それからトントン拍子に進み、とうとう最終面接までこぎつけた。ここまでくれば、どうしたって期待してしまう。

どうか、どうか、うまくここを切り抜けて、再就職できますように！

「――はい。では、こちらからの質問は以上です。麻生さんからご質問はありますか？」

「はい、あの」

そう口を開いたとき、突然ドアが開いて、目の前に座っていた重役達が慌てたように立ち上がった。

「……？」

「――あぁ、申し訳ありません、遅れて」

「社長！」

社長⁉

耳に入った言葉に、私も焦《あせ》って立ち上がり、礼をする。

不測の事態に、適切な礼の角度など頭からすっとんだ。

っていうか、社長って！

居並ぶ面接官の真ん中に座ってる人が社長かと思っていた。それがまさかの遅れて登場とは思ってもいなかった。違ったんかい！

心の中は冷や汗だらだらだったが、必死で笑みを浮かべながら、顔を上げて――身体が固まった。

「はじめまして、代表取締役社長の片倉龍之介《かたくらりゅうのすけ》と申します。どうぞ、腰を下ろしてください」

穏やかな優しい声だった。普段の私なら、少しは胸をときめかせていたかもしれないが、今はそんなことを思っている余裕はない。驚きのあまり、いまだ身体は動かないけれど、頭だけは妙に冴《さ》え冴《ざ》えとしている。私は心の中で叫んだ。

はじめましてじゃないし！

そこにいたのは、先程駅で思い切りぶつかった人だった。


「はぁ……」

散々な最終面接を終え、その夜も私は深夜のファミレスでアルバイトをしていた。

ざわつく店内でついたため息はすぐにかき消されると思ったけれど、思いのほか大きく響いてしまい、アルバイト仲間に声をかけられた。

「どうしたんですか、楓さん」

「あぁ、うん、いや、なんでもない……」

ごまかすように笑みを浮かべると、大学生の彼女は不思議そうな顔をして仕事に戻っていく。

その後ろ姿を見送ってから、再び零《こぼ》れそうになったため息を押し殺して顔を上げた。

生活費の為と思って、このアルバイト以外にも掛け持ちしている。再就職活動をしながら複数のアルバイトをするのは、やはりこの年では体力的に無謀《むぼう》だったかもしれない。

早くこんな生活から解放されたい。

そう思うけれど、ふと頭をよぎるのは、今日の面接先の社長の顔。就職への道のりは遠いと肩を落とす。

せっかく最終面接までこぎつけたのに、最後にあんなオチが待っているなんて思わなかった。いくらなんでも前方不注意で社長にぶつかった女なんて採用しないだろう。どうして私は、こんなについていないのだろう。

大体、今私がこんな生活を強《し》いられてるのも、全て前職をやめる原因になったあいつのせいだ。

頭に浮かんだあいつの顔を今すぐ殴ってやりたい衝動に駆られ、顔が歪《ゆが》む。

ああもう、仕事に専念しよう。

私は気を取り直し、接客用の笑顔を作った。

あの会社の最終面接を受けた数週間後。今日も一人暮らしのアパートにやっとこさ帰り着いて、真っ暗な部屋に明かりを灯《とも》す。冷え切った部屋は、へこんだ気持ちを更に倍増させる。

こんな風にマイナス思考のループにはまってしまうのは、再就職先がなかなか決まらず、自分に自信がなくなっているせいなんだろうか。

会社勤めをしていた頃は、家に帰った後、友人と電話で「今日会社でさー」なんて愚《ぐ》痴《ち》る余裕もあったのに。今の生活のなんとさびしいことか。

とはいえ、ＯＬ時代のような生活を今は送れない。むやみやたらに電話をして、通話料金を必要以上にかける気にはならないし、そもそもこんな時間に友人は起きていない。

はぁ、と何度目になるかわからないため息をついて、すっかりくたびれたクッションに腰を下ろし、郵便物を確認していく。すると先日面接を受けた例の会社の名前が目に入り、胸がドキリと高鳴った。だめとはわかっていても、期待する気持ちがあることは否定できない。だが、すぐに思い直した。

いやいや、どうせ不採用通知だって。期待したところで無意味だって。

面接に遅刻しそうになって、スーツ姿で全力疾走《しっそう》したところを、あろうことか社長に見られている。

時間に余裕をもって行動しない人間を、果たして一人前の社会人として認めるか。

考えれば考えるほど、虚《むな》しくなってくる。

封書にはさみを入れつつ、ため息をついた。

それにしても、随分《ずいぶん》と若い社長だったなぁ。

私よりは年上だろうけれど、でもいいとこ三十手前にしか見えなかった。

あれなら、面接をしていた重役達の方がよっぽど社長っぽかったよ。

封筒から出した白い紙をぺらっと開きつつ、ふんわりと笑ったその人の顔を思い出した。

ちょっとかっこよかったよなぁ。私が転んだときだって、優しく起こしてくれたし。

あんな人が社長なら、女性社員達にとっては夢のような職場なんだろうなぁ。

そんなことを考えながら、白い紙の文字を目で追う。

「……え……」

——株式会社MAPLEの面接にお越し頂きまして、誠にありがとうございました。

厳正なる選考の結果、貴殿の採用が内定致しましたので、謹《つつし》んでお知らせ致します。

つきましては、一週間以内に下記連絡先までお電話をお願い致したく——

「……えええええ!!」

まさに奇跡としか言いようがない。私は真夜中だというのに大声を上げていた。

2 配属

私は翌朝、MAPLEに電話をかけ、ぜひ入社したい旨を伝えた。すると、三日後、会社に来てほしいと言われ、ドキドキと胸の音を響かせつつ、その三日後ビルのドアをくぐった。

「麻生さんの配属部署は営業第一部ですね。上司の村松《むらまつ》が待っていますから、部署へどうぞ」

なにがどうしてこうなった。私の希望職種は総務経理でしたよね!?

必死の形相《ぎょうそう》で人事部の人を問い詰めても、にっこりと微笑まれただけだった。

営業職なんて、私、経験ないんですけど!!

おどおどしながら、営業第一部に向かったが、部署名のプレートが掲げられたドアが、怖くて開けられない。

うう、無理だよなんだよ営業って。営業事務って訳じゃないんだよね?

なんでこんなことに、いやでもせっかく手に入れた職を、今ここで無理ですなんて言って、投げ出す訳にはいかないいんだけれど。

心の中では悪態をついたけど、ぐだぐだ悩んでいても仕方ない。

上司を待たせる訳にもいかないと、思い切ってドアを開いた。

「……失礼します……」

え、と。

なにこの状況。なにこの華やかな雰囲気。

私、場違いじゃないですか！　本当に間違ってませんか！

「――はい、なにか御用でしょうか？」

うろたえる私に気がついた女性が、声をかけてくれた。

「あ、あの、本日付で、こちらの営業第一部に配属されました麻生と申します。村松様はいらっしゃいますでしょうか？」

「ああ！　はい、少々お待ちください」

村松さんが来るまでの間、失礼にならない程度にフロアを見回すと、ほとんどが空席で残っている数人の女性社員も皆、あわただしく動き回っていた。

営業っていうのは、どこの会社でも花形だと思っていたけれど、この会社でもそうなんだろう。

しかもここは第一部と名がつくぐらいだから、さぞかし大口の取引先を抱えているんだろうと、今までの社会人経験からなんとなく推察する。

フロアには机が全部で二十個ほど並んでいる。

そのうちの数席は事務の方々が座っているから、残りは営業マンの席なんだろう。

見るからに花形部署として忙しそうな雰囲気に冷たい汗が背中を落ちていった。

……私、ここでやっていけるんだろうか。

「やあ、待たせてすまないね。どうも、営業第一部部長の村松です。今日からよろしく、麻生さん」

彼は人好きのする笑みを浮かべて、こちらに歩み寄ってきた。

あまりの素敵さに思わずポーッとしてしまったけど、すぐに思い直す。

いや上司だよ、しっかりしろ私！

「よっよよろしくお願い致します！」

慌てて頭を下げた。どもりまくったせいで、瞬時に顔が熱くなる。

なんで、こう、私ってしまらないんだろうか……

「……っ……じゃあ、仕事の説明するから、あっちのミーティングルームへ行こうか。

麻生さんの仕事は、ちょっと特殊だから」

「……は？」

明らかに笑いを堪《こら》えているその人の言葉に、首を傾《かし》げた。

特殊って、どういう意味だろうか。

未経験だからってこと？　でも、それなら最初から営業部になんて配属しなければよかったんじゃないかと思ったが、これから説明してくれるというのだから、大人しくついて行こう。

そんなことを考えていると、こぢんまりしたミーティングルームに入るよう促《うなが》された。

そして部長は「じゃあ今、書類をもってくるから、そこに座ってて」と言い残し、部屋を出て行ってしまった。

それにしても、なんで私、営業部に配属されたんだろうか。

履歴書に営業経験があるなんて書いてないし、営業に役立つような資格をもっている訳じゃないのに。

頭の中は大混乱で、早く戻ってきて、説明してください村松部長！　と切実に願った。

ほどなく、村松部長は書類を手に、にこにこと部屋に戻ってきてゆっくりと椅子に腰を下ろした。

「よし、じゃあ先に労働契約書について説明しようかな。これが社内規則で、こっちが労働契約書。こっちが細かな雇用の条件についての説明書。あ、今日印鑑もってきてるよね？」

「あっ、は、はい、あります！」

机の上に並べられた書類を見つつ、慌てて印鑑ケースを取り出して部長の説明をふんふんと聞きながらサインをしていく。

この不況のご時世に賞与まで出してくれる会社に入れるなんて、恵まれてる。

このとき私は、条件のいい会社に再就職できたことで舞い上がっていたのだ。部長の説明は右から左へ抜けて行った。もっとちゃんと聞いておけばよかったと、私は後に悔やむことになる。

契約書の最後の箇所に記入を終えて印鑑をしっかり押すと、部長が書類をファイルに綴《と》じた。

「じゃ、次は仕事の説明をしようか」

「あ、はい」

「麻生さんは総務部、もしくは経理部の志望だったね？　なんで営業部に配属されたか、心当たりは全くない？」

心当たりはないが、気にかかっていることはある。社長に突撃してすっころんだのに、なぜ採用されたのかということだ。もしかして社長は、あのことを根にもっていて、私になにかしらのいやがらせをしようと思って、この会社に入《い》れたのだろうか。

いやいや、一流企業の社長が、そんなことくらいで自分の会社に入れ、不慣れな部署に配属して困らせてやろうなんて、馬鹿げたことをするのはありえない。

それに、そんな人には見えなかった。

「それが、その、わからないんです。営業職で役に立ちそうな資格ももってないですし……」

「そっかそっか。うん、まぁそうだろうね。なんせ社長の気まぐれだし」

「……はい？」

なにかの書類を見ながら頷《うなず》いた彼は、思わず声を上げた私に、ん？　と顔を上げ、首を傾《かし》げた。

いや、ん？　じゃなくて。今、なにかものすごく、おかしなことをおっしゃいませんでしたか。

「……き、気まぐれ……？」

「うん、そう。この子は営業にいた方が伸びるし、後々役に立つから勉強させておいてって言われてさー。いや参っちゃうよね、まぁ社長の勘は当たるから二つ返事で引き受けたけどね！　あっはっは！」

あっはっは、じゃなくて。勘で他人の将来決められても困る！　というセリフが、喉まで出かかったけれど、必死で堪《こら》えました。

だって、相手は上司ですもの、納得できない理由で配属されたとはいえ、入社すると決めたのは私。今さら辞退する気はない。

「で、これが正式な配属命令ね」

「……ありがとうございます……」

先ほどまで部長が見ていた書類を受け取り、文面に目を通した瞬間、再び思考が停止した。

なんで今日は、こんなに驚いてばかりなんだろうか。

「……あああああの、あの、こ、これは、本当ですか？　冗談、とかではなく？」

「そうだよー。社長が決めたことだからね」

「え、いやいやいやいやいや、そんな、そんなまさか……！」

書類をもつ手がガクガクと震える。

その後、ニコニコと笑っている部長に、「嘘ですよね」と問いかけ、「いやいや本気みたいだよ」と返されるというやりとりを一体何度繰り返し——

ぽんっと肩に手を置かれ、悟り切ったような顔をした部長から一言。

「ま、諦めて働いてね、麻生さん。契約書にも、自己都合で反故《ほご》にした場合、解雇《かいこ》するって書いてあるし。君、もうサインしたし」

「なぜえええ！　私には無理ですよ、なんで私が！」

「社長が君をお気に召したからじゃないかなあ」

能天気に言うな！

机に突っ伏した私の手には、ぐしゃっと握りつぶされた配属命令書。

フリーター改め——

麻生楓、株式会社 MAPLE 営業第一部配属……

兼、代表取締役片倉龍之介付き世話係に任命されました。

どうして私が、そんな重大な役割を負わされるの!!　いや、そもそも世話係ってなに!!

まじで意味がわからないんだけれども!!

「あ、そうそう、後で社長室に行ってね。時間は十三時って言ってたかな。社長から直々に説明があるみたいだから。午前中は営業部で仕事を教えるねー」

「……っ……!」

お気楽なセリフを吐く部長に、まだ会って数十分しか経っていないというのに殺意が湧いた。

3　世話係

午前中は美人キャリアウーマン、永峯《ながみね》ほのかさんから営業のなんたるかを丁寧に教えてもらった。ありがたいことに彼女が私の指導をしてくれるらしい。

やっぱりというか、当たり前というか、畑違いすぎて、最初はちんぷんかんぷんだった。けれど、彼女のわかりやすい説明のおかげで少しだけども、なんとなーく営業職のことがわかってきたような気がする。

必死で業務をこなしつつ、ようやく訪れたお昼休みに、永峯さんがオススメだという会社の近くのカジュアルレストランに連れて行ってもらった。

「でも大変ね、麻生さんも」

「へ？」

オムライスを口に運んでいると、なぜか哀れみの視線を向けられた。

「社長付きの世話係なんて、今まで聞いたことないもの。それも営業部と掛け持ちなんて」

「……ですよね、やっぱり……私もなんでこんな配属命令を出されたのか、全くわかんないんです……」

「そりゃそうよねぇ。今までなんの関係もない仕事をしてたんでしょう？」

「はい……。営業なんてやったことないですし、永峯さんによくしてもらえて心強いけど、やっぱり不安で……そのうえ社長の世話係とか、絶対無理だと思います」

思わず愚痴《ぐち》が口をついて出る。

「営業事務、とかだけならよかったのにね」

心からそう思う。一般社員が、専任秘書でもないのに社長の世話係をするなんて聞いたことない。

「でもま、悩んでいても仕方ないか。そうそう、麻生さん気をつけてねー」

「え？」

「ほら、社長、顔がいいから女子社員に人気があるのよ。秘書室のお姉さま方にも例に漏《も》れず、ね。私は興味ないから全然気にしてないんだけど、もうすでに噂になってるから、麻生さんのこと。いい年した大人が、そんなことでやっかむのもどうかと思うけどねー。さすがに社会人になってまで嫌がらせするような社員がウチにいるとは思いたくないけど」

そう言ってにこやかに笑う永峯さんとは対照的に、私の顔色は真っ青だ。

女子特有の陰湿《いんしつ》なイジメに遭うなんて思いたくないけれど、ないとは言えない。

人気ナンバーワンの社長の世話係ってのは、つまりはそういうリスクを背負うってことなのだと、ようやく気がついた。

「私、本気で嫌なんですけど……こ、断れたりしないんですかね」

「断ったら解雇《かいこ》されちゃうんでしょ？　新入社員に世話係をさせるなんて、確かにいかがなものかと思うけど、嫌なら辞めるしかないいんじゃないかしら。でもねぇ、このご時世に、決まったばっかりの職を投げ出すのは、勇気いるわよねぇ」

「……ううう……」

「後は、そうね。午後イチで社長面談があるんでしょ？　そのときに直談判《じかだんぱん》するくらいしか思いつかないわ、ごめんね」

苦笑混じりの言葉に、私はうなだれるしかない。確かにそのとおりだ。せっかく決まった仕事だもん、やめたくない。

なにを言われるのか想像するだけで怖いし、できれば社長には会いたくない。

そんな私の願いも虚《むな》しく、一時間のお昼休憩はあっという間に終了した。


目の前に立ちはだかる重厚なドアに、思わず唾を呑み込んだ。掲げられたプレートには間違いなく社長室と書かれている。

前の会社でも、一般社員にご縁のないこんな場所に足を踏み入れたことなどない。

営業部からものの二分とかからない場所にあったけれど、明らかに雰囲気が違っていて、面接のとき以上に緊張する。

ノックするのがためらわれるけど、社長との面談に遅刻するなんてありえない。意を決してドアを叩くと、すぐに中から「どうぞ」という声が聞こえた。

恐る恐るドアノブをひねり、ゆっくりと開く。一礼してから室内に足を踏み入れると、そこは想像とは違って、いたってシンプルな部屋だった。

「麻生さん？」

「っ、はい！」

ものめずらしい部屋に気を取られていたせいで、返事の声が思い切り裏返ってしまう。

正面の椅子に座る男の人が、面白そうに笑いながら「座って」と言って、私を机の前のソファに促《うなが》した。

言われた通りに座り、口を開く。

「まぁ、聞きたいことはいっぱいあると思うけど、まずは自己紹介してくれるかな？」

「……あの」

にっこりと微笑む彼は、あの日あの場所でぶつかった人と本当に同一人物なんだろうか。

「……あ、えっと、本日付で営業第一部に配属されました、麻生楓と申します。今年で二十六になります。採用して頂き、誠にありがとうございます。一生懸命がんばります」

終始ニコニコしたままの社長は「うん」と一言だけ言うと、背もたれに預《あず》けていた上半身を起こした。

「ありがとう。ただ、一つ抜けてるね」

「え？」

「俺の、世話係に任命されてなかった？」

その言葉に、うっと喉が詰まる。

実は、素知らぬフリしてこの場をやり過ごせば、いつか忘れてもらえて、なかったことにできるかもって思ってた。だけどそれを本人の前で言ってしまったら最後、後戻りできないじゃないか!!

「……されてました……」

「だよね。よかった、伝わってなかった訳じゃなくて」

頬杖をつきながら、にっこり笑った彼の表情になぜか悪寒《おかん》が走る。

私、かっこいい人が苦手とか、そういうのを思ったことは今までなかったのに。この人の笑顔だけは、なんだか怖い。

「……あの、世話係って、具体的にはなにをすればいいんでしょうか……？」

「――そうだね、夜のお相手、とか」

「……ぅえ？」

「だから、俺の夜の相手」

空耳だと思ってもいいですか、いいよね！　だってそんなこと一般社員に強要する社長とかいる訳ない。いたとしても私みたいな平凡を絵に描いたような女子社員にそんな話が舞い込んでくる訳がない。

遠い目をしつつ考えていると、ぷっと噴き出す音が聞こえた。

「……ふっは……はは！　ごめん、冗談。まさか真面目に考え込まれるとは思わなかった」

「す、すみません」

遠慮なく「ははは」と笑われて、一気に顔が熱くなる。

そりゃ普通の男友達に言われたら冗談だと思うけれど、ほとんど話したことのない相手に、冗談なんて言われるはずないって考えるのは普通の反応だと思う。

「いや、大丈夫。聞いてたとおり面白いね、麻生さん」

「え？」

彼は眦《まなじり》にたまった涙を指で拭き取りながら言う。

泣くほど面白かったですか、そうですか。からかわれた私は、ちょっと居心地悪いんですけど。その気まずさを払うように、私は気になった言葉の意味をたずねた。

「……え、っと、あの、私のこと、ご存知だったんですか？」

「うん」

「あの、面接の選考のときのこととか、聞いてたんですか……？」

そこまで問いかけて、ふと思う。

いやでも面接で笑われるような珍回答はしていない。だから、「聞いてたとおり」なんて言えるほど、彼は私のことを知らないはず。じゃあ、それなら誰から？

「──片倉良太《りょうた》、この名前に聞き覚えは？」

「えっ……！」

「知ってるよね、花川《はなかわ》企画にいた麻生さんなら」

それは、今、一番聞きたくない名前だった。

どうしてこの人が知っているの。考えて、ふと思い出した。

確か、社長の苗字も片倉じゃなかっただろうか。

「俺の従兄弟《いとこ》なんだ」

「……い、いとこ……っ!?」

「そう、従兄弟。顔が似てないから、わかんないだろうけどね？」

従兄弟。

そうか、だからか。目をつけられた訳だ。

ってことは、ここに採用されたのもあいつのおかげってこと？

やだ、そんなの超反吐《へど》が出る。

大体、私が転職せざるを得なくなったのは、元はといえばあいつのせいで……！

「私っ」

「辞退は認めない。君はもう、労働契約書にサインしたんだよね。君は、俺の世話係だろ？　契約書、もう一度読み返すといいよ。ああ、今は手元にないのかな。なら後で確認するといい」

「どうせ！　ろくでもないこと聞いたんでしょう！」

「ろくでもない、ね。俺はそうは思わなかったから、君を世話係に任命したんだけど」

「……？」

「じゃあ、採用を取り消す？　でも、君には金が必要なんじゃないの？」

「……くっそ、むかつく……！　従兄弟揃って……！」

「それはほめ言葉として受け取っておくね。どうする？　俺の世話係する？　それとも辞退する？　でも辞退したら、おそらく君は苦しい生活に逆戻りになると思うけど」

「――やるわよ！　やればいいんでしょ!!　やれば!!」

半《なか》ばやけくそ気味に叫ぶと、目の前の男はにっこりと悪寒《おかん》の走る笑みを浮かべて、私に言い放った。

「そう、じゃあ、よろしくね。今日はもう無理だけど、明日はちょうど土曜だし、帰ったら引越しの準備をしておいて。業者の手配はこちらでするから」

「は!?　え、ちょっと！　どういうこと!?」

「世話係なんだから、同じ家で暮らすのは当然でしょ？」

……意味がわからないんですけど社長!!

4　強制引越し

「……」

翌朝、インターホンの音でたたき起こされた私を待ち受けていたのは、引越し業者のお兄さん達の「おはようございます！」という元気な挨拶とまぶしい笑顔。寝起きのぼーっとした頭で「はぁ」と答えると、彼らはさっそく作業を始める。

そこでようやく、昨日のやり取りを思い出した……

彼らがあの胸糞悪い社長が手配した、引越し業者の人達だと気づいたときには、私が長年住んだ部屋はすっかり空《から》になっていた。

「では行きましょうか。片倉様から家主様も一緒にお連れするようにと言われていますので！」

「……はあ……」

ていうか、私まだ寝巻きなですけど。だがそれは彼らには関係ないらしい。

トラックの助手席に押し込まれた途端、トレーナーと短パンという今の自分の姿がやたら恥ずかしくなってくる。しかも足元はサンダル。

現実離れした状況に「もう、どうにでもなれ」と思い、窓の外に目をやると青い空が広がっていた。

やだ、なんていい天気。洗濯日和《びより》じゃないの、洗濯機回さなきゃー。

――おい、私、現実逃避してる場合か。どうなるんだ、これから。

やっと就職先が見つかって、前途洋洋だったはずなのに。

それがどうしてこうなった。誰か、昨日のことは夢だと言ってください。

そんな思いも虚《むな》しく、私の一切の荷物を積み込んだトラックは、いかにも高級そうなマンションの前で停まった。

助手席から私を問答無用で降ろすと、彼らはてきぱきと荷物をどこかの部屋に運び始める。

「……マジすか……」

てっぺんが見えないほど高いマンションを、エントランス前で見上げた。

私の予想が正しければ、この高級そうなマンションの一室が、社長のご自宅なのだろう。

大体、世話係ってなによ。一緒に住んでなんの世話すんのよ。

頭を抱えてその場でうずくまっていると、頭上から「ぷっ」と噴き出す音が聞こえた。

「——また、すごい格好してるね、麻生さん」

「しゃちょ……！」

くすくす笑われて、慌てて立ち上がった。

うう、絶対に今の私、顔が赤くなってる。

気の抜けた服装を見られて恥ずかしいけれど、それも仕方ないことだろう。だって時間も知らされずに突然引越し業者がやって来て、呆然としている間に荷物を全部梱包《こんぽう》されて連れて来られたのだから。

「……これ、職権濫用《らんよう》なんじゃないんですか」

「少し違うね。これは契約事項に含まれてることだから」

平然と言い返され、ぐっと言葉に詰まる。

確かにそうなのだ。

昨日家に帰ってから、労働契約書の控えを穴が開くほど見た。するとそこには「雇用主の命令を拒む正当な理由がない限り、命令には従うこと」と書かれていた。……盲点《もうてん》だった。

なんで私、サインする前に、契約書をちゃんと読まなかったんだろう。

「……正当な理由があれば、拒否してもいいんですよね」

「世話係っていうのは文字通り身の回りの世話をすることだよ。同じ家に住んだ方が都合がいいと思わない？」

「……っ……」

なんで私がそんなことしなくちゃいけないんだ！

そう思ったところで口にはできず、ぐっとこぶしを握りしめた。

「いつまでもそんな格好で外にいたら風邪引くね。ついておいでよ、部屋まで案内するから」

マンションに入っていく彼の背中を見つめながら、仕方なくのろのろと歩き始めた。

うう、あの背中を蹴り飛ばして「誰が従うかばーか！」って言えたら、どんなにすっきりするだろうか。

だけど、職は失うのはいやだ。

潔く退職《いさぎよ》を選べない自分も悪いと思うけれど、でもなんで私、こんなについてないの。

悲劇のヒロインを気取るつもりは全くないけれど、この仕打ちはなんですか。私、これでも真面目に生きてきたと思うんですけど、神様。

エレベーターの前で思わずため息を零《こぼ》し、がっくりと肩を落とすと、頭の上にぽんと手が置かれた。

見上げれば、社長がやわらかい眼差しでこちらを見下ろしている。

「――そう、肩を落とすことでもないんじゃない?」

「は?」

「少なくとも、俺は君に不利益になるようなことはしないって約束するよ」

「……もう十分、不利益をこうむってる気がするんですけれど……」

「まぁそれは、おいおい教えてあげます。だけど今はだめかなー」

「はぁ?」

「しばらくはおとなしく、世話係をやってることだね」

「……本当、意味がわかんないんですけど」

「要は俺のおもちゃになっとけば、得するよって言ってるんだよ。まあ、得があろうとなかろうと拒否権はないけどね」

「……」

「ほら、早く乗って」

エレベーターに乗り込み、手招きをする男に軽い殺意を覚えた。やっぱり私、選択を間違ってないだろうか。

いや、それならもう、とうの昔に間違えてる。『アノ時』、『アノ選択』をしてなかったら、おそらく今、私はこんな状況に置かれてない。

再びため息をついて、私もエレベーターに乗った。


「……っ……!!」

「そこが今日から君の部屋ね。一応契約終了になったときに元の生活に戻れるよう、君の家具とかは全部そこに置かせたから」

家に入るなり、私は一室の前に案内された。

そして彼の手によって開かれたドアの向こうには、今まで住んでいた私のワンルームが再現されていた。

ただ一つ違うのは、この空間が彼の自宅の一部屋だということだ。

この家いくつ部屋あんのよ、どれだけ広いのよ、こんなマンションに一人暮らしってやっぱりセレブは違うのね……ってそうじゃない！

「……あの」

「ああ、着替えたらリビングに来てね。仕事の説明をするから」

「あ、はい……」

そう言ってすたすたと遠ざかる背中を呆然《ぼうぜん》と見つめた後、再び視線を室内に戻し、足を踏み入れる。

たんすの中身は移動した形跡がない。恐らく中身が入ったまま運んだんだろう。備えつけのクローゼットを開けると、その広いスペースに見合わない私のコート類がかかっていて、なんだかちょっと居心地が悪くなる。

とりあえず、部屋着としてはちょっときれいめの服に着替えてリビングに向かった。

「……すみません、お待たせしました」

「ああ、うん。そこに座ってて」

声のした方を振り返ると、彼はオープンキッチンでなにか作業をしているようだった。

とりあえず、おとなしくソファに座る。なんて座り心地がいいんだ。

すりすりとソファの表面をなでていると、目の前のテーブルにカップが置かれた。見上げた私の目に不思議そうな顔をした彼が映る。

「……なにやってるの？」

「えっ！　いっ、いや手触りいいなーって思いまして!!」

「ああ……。まあいいや、仕事の話をしても？」

「あ、はい」

　私が頷くと、彼は一人掛け用のソファに腰を下ろして、カップに口をつけた。顔もかっこいいし、上品な雰囲気だし、おしゃれなインテリアにも似合っていて、様になるというかなんというか。

「麻生さんには、基本的にこの家の家事全般をやってもらう。洗濯とか掃除とか、あとは食事の用意とか」

「……家政婦、みたいなことですか？」

「そう。あ、家事はできるよね？」

「それは、問題ないですけど……」

「基本的には営業の仕事を優先にして。本業はそっちだから」

「……はぁ……」

「後は、俺が出席する会食とか、パーティーとかで、同伴が必要な場合も君に出てもらうから」

「はあ!?」

「ちょうど欲しかったんだよね。私情を挟まないで頼める人」

「えっ、いやいやあの！　私、庶民なのでそんな場に出られないです！　ドレスとかもってないし！」

「それはこっちで用意するよ。もちろん経費だから、麻生さんの負担にはならないよ」

「でも……！」

「いい加減、玉《たま》の輿《こし》狙いだってわかってる女に声をかけるのも、面倒なんだよね」

「……っ……」

「これも世話係の仕事。よろしくね」

よろしくねって、荷が重すぎてよろしくされたくないと瞬時に思った。

家政婦の真似事だけなら、まぁなんとかってホッとしていただけに、肩にかかるプレッシャーがはんぱない。

パーティーってなんだ。そんなの出たことないし、礼儀作法なんか全くわからない。

「それほど気負う必要ないよ。頻繁《ひんぱん》にある訳でもないし。とりあえずは、そうだな、今日の昼ごはんの用意から頼むね。俺はちょっと書斎で仕事してくるから。ああそうだ、基本的にこの家のものはなんでも使っていいよ。ただ、俺の書斎にだけは入らないでね。会社の極秘資料とかあるから」

「……わかりました……」

それから彼は、どこにどんな部屋があるかを説明し、私はそれをやる気なく聞いていた。彼は全て伝え終えると、ソファから立ち上がって言う。

「じゃあ、あとはよろしく」

歩き出し、ドアに向かう彼に、思わず声をかけた。

「……あの……良太から、どんなこと聞いたんですか」

彼の従兄弟《いとこ》で、私が失業する原因を作った男のこと。

それは怖い問いかけだったけど、どうしても聞かずにはいられなかった。

あいつが私をどんな女だと思ってるかなんて興味ないけど、これから働く会社の社長に悪いように言っているのだとしたら、それは訂正したいと思ったのだ。

「――秘密」

「え」

「教えてあげない」

「？」

「なんで君みたいな子が、良太に目をつけられたのかなー。君って、ああいう男が来ても、はねのけちゃいそうなのに」

「……はねのけるって……」

それができなかったのは、ひとえに、自分の弱さのせいだ。あのときのことを思い出すと、苦々しい気持ちになる。

「もういいかな？　わからないことがあったら聞いて。じゃあ、よろしくね」

そう言い残して、彼は去って行った。

わからないことがあったらって、私はあんたがなんでこんなことするのかが、一番わかんないんですけど。

ふぅとため息をついて、やけに高い天井を仰《あお》ぎ見る。それから私は、気を取り直して昼ごはんの支度をすることにした。

5　生活基盤

冷蔵庫の中を見たら、卵とキャベツとビールしか入っていなかった。

かろうじてお米は発見したけれど、炊飯器が埃《ほこり》をかぶっていた。

これでなにを作れと言うのだろう。プロの料理人でも頭を抱えるだろう。

お昼まで時間もないことだし、スーパーの場所は後で教えてもらうとして今日はこれでチャーハンでも作ろう。

セレブのお口に合うかどうかはわからないけれど、食材を用意していないのがいけないんだ。

そう開き直り、まずは炊飯器を洗って次にご飯を炊《た》く。

なんとか塩コショウは見つけたけれど、おしょうゆはどこだ。

使い慣れないキッチンで四苦八苦しながら、どうにか作り終えた具の少ないチャーハンを見つめ、運び込んだ自分の冷蔵庫の中身を使ったらよかったんじゃ、と気がついた。

そんなことにも頭が回らないなんて。自覚はあったけれど、ここまで動揺してるとは。

でももう出来上がったし、これでいいやと、書斎のドアをノックして声をかけた。

「……社長、お食事できましたケド」

棒読みなのは仕方ない。別に好きでやっている訳じゃない。

返事がなかったから、もう一度ノックしようとすると、ふいにドアが開いて思わず肩が跳ねた。

「あ、ごめんね」

「いっ、いえっ……！」

危うく彼の胸板にぶつかりそうになり、慌てて後ずさる。そして鼓動が速くなった心臓を抑えるように胸に手を置いた。

けれど当の本人はなんら気にした様子もないまま歩いていき、ダイニングテーブルの椅子に腰を下ろす。

なんで私だけこんなに動揺してるんだ。

洗い物をしようとキッチンに戻ると、カウンターの向こう側で彼が驚いた顔をしていた。

「……すごいね」

「なにがですか？　手抜きすぎてすごいってことですか？」

「違う違う。よく食事を作れたね。材料、なんにもなかったのに」

わかってたなら言えよ、このやろう!!

口に出すのは、すんでのところで堪《こら》えたけれど、顔には思いっきり出てしまった。さぞかし眉間に皺が寄っていることだろう。鏡を見なくてもわかる。

彼はなにを思ったのか、ふっと笑うと、頬杖をついてこちらを見つめてきた。

「……な、なんですか」

「いや？　素直だなーって思って」

「は？」

「後でスーパーに連れて行くよ。確か近くにあったと思う。ああ、それと食費は渡しておくから、そこから出してね。領収書ももらってきて、俺の名前で」

「え、あ、はい」

彼はスプーンを手にし、思いっきり手抜きのチャーハンを食べ始めた。私が洗い物を終えると、ちょうど彼も食べ終わったようで、食器をカウンター越しに差し出してきた。

「ごちそうさま」

「……お粗末様です」

「おいしかったよ、料理うまいんだね」

「……いや、でもすっごい手抜きですけど……」

「簡単な料理ほど、その人の実力が出ると思うよ」

「はあ……」

　頭をなでられて、なんだか調子が狂う。なにがしたいんだろう、この人。彼はおエライ立場の人。そんな人が、なんで平凡な私なんかに目をつけたんだろう。

　そういえば、私まだこの人の年齢も知らない。

「……あの、社長っていくつなんですか？」

「社内報に書いてなかったっけ？　今年で三十八だよ」

「えっ⁉」

　どんなマジック使ってるんですか、その年齢不詳の顔‼

「よく驚かれるんだけど、そんなに見えないかな」

「み、見えません、いいとこ三十代手前くらい……」

「へぇ、そんなに若く見えるんだ」

「……少なくとも、私はそう思いましたけど……」

「ふーん。麻生さんは二十六だっけ。いいね、若くて羨《うらや》ましい」

その表情からはなんの悪意も感じなかったから、多分本音なんだろう。

受け取った食器をシンクに下ろし、ついでに洗ってしまおうと水を出した。

彼はまた仕事に戻るようで、私に背を向けて歩き出したけれど、すぐに「あ」と声を発して、振り返った。

「そうだ、お墓参りに行きたかったらちゃんと言ってね」

「え……」

「それくらいの休みはあげるからさ。ああ、それと夕飯の買い出しに行くときも声かけて」

「……はい」

さらっと言われて視線のやり場に困り、自分の手元を見下ろした。

本当に、どこまで知ってるんだろう。私が月命日に、いつも両親のお墓参りに行ってることは、誰にも言ってなかったはずだった。

「……」

「朝から疲れてるわねー、麻生さん。大丈夫?」

「大丈夫ではないです……」

月曜日、会社のデスクでぐったりとしている私に、永峯さんが苦笑を漏《も》らす。

だがしかし、私にとっては笑い事では済まされない。なんだこの針のむしろ。

朝、世話係なんだからと鞄持ちを命じられ、同じ車でムリヤリ送迎された。

だけど、うっかり素直に頷《うなず》いたのが間違いだったと気づいたのは、会社に着いてからだった。

出迎えてくれた秘書のお姉さまの目つきの怖いこと。

違うんです、よろしければ代わってください！　って何度口にしそうになったことか。

そのうえ、このフロアにたどり着くまでに何人もの女子社員の方々に捕まった。

「どんな方法で社長に取り入ったのよ」とか言われても、私知りませんからああ！

怖い。女子の集団怖い。そんなシンパまで作られているあの王子様が怖い。

そう、彼はまさに王子だ。社内の女性社員が社長を見つめる視線は、まるで獲物を狙うハンターのようだ。

ええとなんだっけ、とろけるような笑顔、腰にくる甘い声……とかなんとか。申し訳ないが全く理解できない。かっこいいのは認めるけれど。

「お疲れのところ悪いけど、今日もガンガン勉強会するわよー。麻生さんには来週から外回りに出てもらおうと思ってるから、そのつもりでいてね」

「えっ！　は、早くないですか。私、全然自信ないんですけど」

「大丈夫大丈夫。最初は私と一緒に回るんだし。要は慣れだから、少しでも早く現場に出たほうがいいのよ」

永峯さんはあっけらかんと言うけれど、私にとっては恐ろしいことこの上ない宣告だ。

「大丈夫だって。麻生さんは呑み込み早いし、自信もって。じゃあ、始めましょうか」

「……はい……」

外回り怖い。お客様を怒らせてしまったらどうしよう。

永峯さんの講義を必死で聞いている私宛に、内線電話がかかってきたのは、時計の針がちょうど十二時をさしたときだった。


「……なんの御用でしょうか……」

不満たらたらの私の様子を見て、目の前に座るその人は爆笑している。

内線をかけてきたのは社長だった。彼は緊急のことだからと言って、永峯さんとの勉強会を私に切り上げさせ、社長室に呼びつけた。だから急いでここへ来たのに、社長はさしたる用事がある風でもなく、呑気なものだ。

なにがそんなに楽しいのか。あ、私の顔見て笑ってるの？　すみませんね、面白い顔で。

じろっと睨《にら》みつけると、ようやく笑いが収まったのか、彼は椅子から立ち上がった。

「お昼へ一緒に行こうと思って呼んだんだよ。期待通りの反応をありがとう」

そこまで言って、またくっと笑う。

イラッとした。全然急ぎの用なんかじゃないじゃない、ご飯くらい一人で食べればいいのに。

会社の周りにはランチできる場所が少ないし、一緒に出かけて誰かに見つかったらどうする。なんの拷問《ごうもん》ですか、私にこれ以上の針のむしろに座れと！

「ほら行くよ」

「ちょっ……！　ははははは離してください!!」

「えー？　それは断る」

「なんで!!」

腰を抱き寄せられて、一気に血の気が引いた。

ちょっと、こんな体勢で廊下を歩く気ですか。マジで勘弁してください！

そんな私の気持ちなどお構いなしに、彼はやたら上機嫌でエレベーターに乗り込んだ。腕の中から必死で逃れようとあがいたけれど、逃げ出すことはおろか、身体の向きを変えることすら叶わなかった。

奮闘虚《ふんとうむな》しく、ポーンとエレベーターの到着音が鳴り響く。

開いたドアの向こう側がざわめき、そこがロビーであることを知る。彼はさっさと歩き出す。

せめて顔を隠そうと腕で顔を覆《おお》うと、なにを思ったのか彼はロビーのど真ん中で足を止めた。

「……しゃ、社長……？」

「──仕方ないな、楓は」

「はぁ⁉」

「今は休憩中だからわがままを聞いてあげるけど、就業時間中はダメだっていつも言ってるだろ？」

「いや、なに言っ……んっ‼」

神様。本当に、私がなにをしたっていうんですか。

無理やり合わされた唇。そして、きつく腰に回された腕。湧き起こった悲鳴に、私は悟った。

平穏な生活は、もう二度と戻ってこないのだと。

「……終わった……！」

「──なに言ってんの。まだまだこれからでしょう、麻生さん。期待してるよ、蹴散《けち》らしてくれるの」

耳元でそう囁かれて、思わず手が出そうになったけれど、ぐっと抱き寄せられたせいで不発に終わった。

もういい加減、殴っていいですかこのおっさん‼

＊＊＊

定時を過ぎ、静まり返った社内で人がいるのは、この社長室だけだった。

膨大な量の書類をまとめている最中、俺はふと彼女の顔を思い出して、思わず笑い声を漏《も》らしてしまった。

「なに？　いきなり笑い出して」

幼馴染《おさななじみ》という腐れ縁でボディーガードもしてくれている女性社員が、怪訝《けげん》な顔をして俺の顔を見つめてくるけれど、そんなこと気にもならなかった。

あの驚いた顔が面白くて、可愛くて。

そんな表情が見たくて世話係にした訳ではないのだが、どうしてもからかいたくなる。

昼休憩のとき、ロビーのど真ん中で俺が彼女にキスした後、ロビーは大騒ぎになったが、それは予測範囲内のこと。

もちろんあれは、俺に色目を使ってくる社内の女どもに見せつける為の荒技《あらわざ》だった。

けれど、まさか彼女から想定外の言葉が返ってくるとは思いもしなかった。

顔を真っ赤にさせて、言葉を詰まらせると思っていたのに、予想に反して顔を真っ青にし、あんなセリフを吐くとは。我慢できず、笑いが零《こぼ》れてしまった。

社長室にいるのは自分と幼馴染《おさななじみ》だけだ。もう笑いを堪《こら》える必要もないだろう。

「……『終わった』って……くくっ」

「……ちょっと王子、気持ち悪いんだけど」

「あぁ、悪い。ちょっと、思い出しちゃって」

「……昼間のことですか。あんなことしたら、王子のファンになにされるかわかりませんよ、彼女」

「大丈夫だよ。そこはほら、お前がいるし」

「信頼してくださってるのはうれしいですけどね。……事実を、彼女にお話しする気はないんですか？」

その言葉を聞いて、笑いが引っ込む。確かに、彼女は全てを知る権利がある。

彼女は当事者だ。だがしかし、今はまだ。

自分の手元に引き寄せたのは、色々考えた上でのことだ。

一緒に暮らすことにしたのも、彼女の為だが、今その理由を彼女に打ち明ける気はさらさらない。

知らない方がいいこともある。これは彼女が知らなくていいことだ。

環境の変化に戸惑いはあるだろうが、現状、彼女が仕事を辞めたいと言ってくることはないだろう。後は、俺次第だ。

「……必要ないだろ、今は」

「……傷つける為に呼び寄せた訳じゃないなら、あんまり遊ぶのはよしたほうがいいんじゃないの」

呆れたため息をついた幼馴染は、俺の性格をよく理解してる。言っても無駄だと悟ったのか、言うだけ言って社長室から出て行った。

一人になった部屋で、俺はふたたび彼女とのやりとりを思い出す。

一緒に暮らしてもらう、そう告げたときの呆気にとられた彼女の顔が浮かび、自然と笑みが零れた。

持って生まれた容姿のせいか、女性から嫌悪感を示されたことなどない自分を、ああもあからさまに拒絶する娘がいるなんて。確かにいきなり一緒に暮らせと言われて、受け入れられないのは当然だろうけれど。

少々強引なやり方だが、俺は彼女を守りたい。その思いは、一緒に暮らすようになって、ますます強くなった。彼女の人柄にも興味を引かれるようになっていたからだ。

とにかく、自分が近づいた目的も、これから起こるであろうことも、今の段階で彼女が知っておく必要はない。

彼女とその周囲の人間の身の安全を考えれば、これが最良の策だ。

「これ以上傷つける気は、さらさらないけどね」

俺は、目的の為なら手段を選ばない。手は打ってあるし、これからどう転ぼうとも算段はついている。詰めを見誤らなければ、全てうまくいく。

それにしても彼女との会話は思いのほか楽しくて、今回の計画の中でこんな楽しい思いができるとは思わなかった。

これからしばらく、同じ空間で暮らすことを考えると笑みが零《こぼ》れる。

このことは、想定していなかった事態だが、目的を達成する妨《さまた》げにはならないだろう。

こんな風に俺に目をつけられた彼女が少しだけ気の毒な気もするが、そこは諦めてもらうしかないかな、と自分勝手な結論を出した。

「……」

窓の外を眺めて、小さく息を吐く。

――彼女の唇は、とても甘かったな。

キスなんて初めての訳でもないのに、その感触がやけに生々しく残っていて不思議だった。

6　優しい顔をした悪魔

晴れ渡る空さえ憎たらしい昼下がり。私は永峯さんと一緒に、初めての外回りに出かけようとしていた。いよいよ会社の外まで来てしまい、緊張で顔が強張る。

「……」

「やだわー、そんな暗い顔してたらまとまる契約もまとまんないわよ！　営業に大切なのは!?」

「っ！　笑顔と元気です！」

「よろしい！」

思い切り叩かれた背中が痛い。

思いっきりぱあぁんって、ぱあぁんっていった。これ絶対、背中に手の跡がついてる。

ひりひりする背中をさすりたい気持ちをぐっと堪《こら》え、社用車に乗り込んでシートベルトを締めた。

もう、覚悟を決めるしかない。それに、考えようによっては、針のむしろ状態の社内にいるより、王子様に一切興味のない永峯さんと二人で外回りに行く方が、今の自分にとっては都合がいい。

「じゃ、行こうか」

「はいっ」

永峯さんに明るく声を掛けられ、元気よく返事をする。

今はなにも考えず、仕事を覚えることに専念しよう。

そう、あの事件のことは、一旦置いておこう。

セクハラオヤジのことなんて、もうどうでもいいや。

現に、あのやろう、あんなことをしておきながら、あれから一週間、私とは一度も顔を合わせていないのだから。


永峯さんのサポートにより、なんとか初任務を終えて帰路につく。

マンションに着き、玄関の明かりをつける。

案の定、まだ主《あるじ》は帰って来ていないようだ。

あの行動の真意は今日も聞けそうにない、か。

仕事中は、外に出ていたこともあり、彼のことを考えずに済んだ。けれど家に帰れば、毎日あのことを思い出さずにはいられない。

ため息をつきつつ、部屋で私服に着替える。それからキッチンに向かい、昨晩下ごしらえを済ませておいた夕食の材料を冷蔵庫から取り出して調理を始めた。

これも仕事だし、毎日食事は作っている。それに、顔を合わせていないこの一週間も、ダイニングテーブルの上に料理を置いておくと、朝には食器が空《から》になっている。一応帰ってきてるんだろう。

残さず食べてくれるのだから、ありがたいといえばありがたいけれど、でも私は今、彼と食事がしたかった。——それは、なんであんなことをしたのかを聞きたいという意味で。

その機会が与えられず、私はちょっともやもやしてる。

「っていうかさー……なによ蹴散《けち》らせって、意味わかんない……」

「——そのまんまの意味なんだけど。あれ？　社内のお姉さま方にまだ、呼び出されたり、『とっとと別れなさいよ』みたいな言いがかりはつけられてないの？」

「……うあああ!!」

おかずを皿に盛りつけていると、突然、背後からそれをつまみながら声をかけられた。危うく、できたばかりのおかずを放り投げそうになる。

「なにもそんなに驚かなくても。俺の家なんだから、帰ってきてもおかしくないでしょ」

「ちちちが……たっ、ただいまとかそういう声をかけてくださいよ!!」

「あぁ、そっか。ただいま」

しまった。


「遅い!!」

彼はネクタイを緩めつつ、自室に入っていった。

なんで今日はこんなに早いんだろうか。

聞きたいことがたくさんあったはずなのに、驚かされたせいで全部頭からぶっ飛んでしまった。

「ねえ、それおいしいね。早く食べたい」

リビングに戻ってくるなり、飄々《ひょうひょう》とそんなことを言う彼に、ちょっとイライラする。

ただ、家庭料理が珍しいだけのくせに。

同居生活初日の夜、私が作った夕飯を前にして、彼は目をまん丸にして驚いていた。

メニューは、家庭料理では定番の肉じゃがだったのだけれど、彼は口に入れると、いつも食べてるのと違うとか、ほざきやがった。

そりゃ、社長様がいつも高級料亭とかで口にしてるものとは違うでしょうよ。

一般家庭の味なんてこんなもんだと言うと、きらきらとした瞳を向けられて、ちょっと戸惑った。

次の日に作った料理も同じように瞳をきらきらさせて食べていた。

そんなことを思いながら、席についた彼の前にご飯と味噌汁を置いてキッチンに戻ると、彼は不思議そうな顔でこちらを見ている。

「……なんですか」

「いつも思ってたんだけど、なんで一緒に食べないの？」

「は？　あ、いや、だって一応社長は私の雇い主ですし、一緒に食べるのは失礼かと思ったので」

「ああ、別にそんなの気にしなくていいよ。ごはんって、誰かと食べたほうがおいしいじゃん。片付けは後でいいから、こっち来て一緒に食べなよ」

「いや、でも……」

「麻生さん、雇い主の命令には従うって契約、忘れた？」

にっこりと微笑まれ、全身に鳥肌が立つ。

本能で逆らっちゃいけないと悟り、すぐに自分の分をよそって彼の前の席に座った。

「じゃあ、いただきます」

「……いただきます……」

こうして向かい合って、ご飯を食べるのは初めてだ。

数日前、ロビーで唇を強奪された後、私は一人会社の外へ逃げ出した。

あの後、彼がどうしたのかは知らない。けれど、休憩時間終了間際に戻ってきた私の顔を見るなり、目を充血させて睨《にら》みつけてきた女子社員達の様子から察するに、あることなぃこと言ったんだろう。

「……あの、さっきの続きなんですけど」

「うん？　ああ蹴散《けち》らしてってあれ？」

「はい。あれ、どういう意味ですか？　社長はいったい私になにをさせようとしてるんですか？」

　こっちは真面目に話してるというのに、彼はにこにこと笑顔を崩さずにご飯を食べ続けている。味噌汁を一口飲んでから、ようやく口を開いた。

「前に言ったよね？　玉《たま》の輿《こし》狙いの女が面倒だって。覚えてる？」

　そういえば、最初にお世話係任命の理由を説明されたとき、そんなことを言ってた気がする。

　金持ちは金持ちで、大変なんだなぁなんてのんきなことを考えてしまった。

「そこで、だ。俺にお手つきの女がいたら、そういう連中もいなくなると思ってさ」

「は？」

「もちろん、そいつらを黙らせられる人間じゃないと困る。だから、君を選んだ」

「いやあの、全く意味がわかんないんですけど……？　なんで私？」

　頭の中はハテナマークで埋め尽くされている。

それなら、私じゃ容姿という点で役不足な気がするんだけれど。

「良太から話を聞いてたときは、ただ単に面白い子だなとしか思わなかったけど、会ってみたらちょっと違った。それでひらめいたんだ。あの良太をぶん殴れるぐらいの女の子なら、自意識過剰の勘違いどもも黙らせられるんじゃないかなーってさ」

「……」

思わず、あほかと、口から出そうになって、口を噤《つぐ》んだ。いくら私でも、女性を殴りはしない。男と女じゃ、そういうときの対処の仕方が違う。

大体、女は殴ったところで黙りはしない。いつまでも根にもって、知能戦で反撃してくる。女のほうが粘着質で扱いが面倒くさいのだ。第一、嫉妬《しっと》に駆られる女の人なんて、女の中で最も扱いにくいものだというのに。

「後は、そうだな。ただ単純に面白いしね、麻生さん」

「……めちゃくちゃ不本意なんですけど！」

「まああそう言わず、さ。楽しませてよ、俺のこと」

「なんで私が！」

箸を握りしめた手でどんっとテーブルを叩いてみても、彼はやっぱりにこにこと笑ったまま。

「世話係でしょ。これも仕事だって」

「ふざけんなっつうの！　なんで好きでもなんでもない男の為に、そこまで身を削らなきゃなんないんですか！」

「あぁ、そっか、それもそうだね」

「今さら!?」

彼はさも今気がついたみたいに呟いた。そして、なにかをひらめいたように笑みを浮かべる。

「――なら、好きになればいいよ、俺を」

死ね、色ボケオヤジと言わなかった私を褒めて頂きたい。

私が怒りで言葉を失っているのに気づいているくせに、彼はまだ続ける。

「でも、そうだね。急に言っても納得してくれないだろうし、君が俺を好きになりたくなる条件をつけようか。……君が大事にしているあの家族を、俺が全て面倒見ようか、主に金銭面で。君が女どもをうまく蹴散《けち》らしてくれたら、そのお金は返さなくてかまわない。どう？」

「……っ……！」

……どうしてこの人、良太のことのみならず、私の家族のことまで知ってるの――？

見当もつかないけれど、人の弱みにつけ込んで卑怯《ひきょう》だ――そう言ってやりたいのに、反撃の言葉が出てこない。

生家と、そこに暮らすきょうだいの顔が頭をよぎる——

目の前で優しく笑うその男が、悪魔に見えた。

7　悪魔の誘惑

私の両親がそろって亡くなったのは、高校三年生のときだった。

それまではお金に苦労することもなく、私は四人きょうだいの二番目として育った。

すでに大学にも合格していて、残りの高校生活を満喫《まんきつ》しよう～なんて、能天気に遊びに出かけていたある日、姉から電話がかかってきた。彼女は、今すぐ病院まで来いと言う。

そのときの記憶はおぼろげにしか残ってない。あまりにも、それまでの平和で幸せな生活とはかけ離れたものだったから。

病院に着いた私は、ある一室に通され、そこで両親と数時間ぶりに再会した。二人はまるで眠っているようにしか見えなくて、何事もなかったかのようにまた目覚めてくれるんじゃないかって、ぼんやり考えていた気がする。

警察の人いわく、酔っ払い運転の車に突っ込まれて、二人ともほぼ即死だったらしい。

それから、周囲の大人に促《うなが》されるままに葬儀や納骨を済ませて、やっと周りが落ち着いてきた頃、彼らがやって来たのだ。

話を聞けば、彼らは生前、両親にお金を貸していて、踏み倒されそうになったのだという。

しつけだけは厳しかったあの二人が、人に借りたお金をそんな風にするはずがないとは思った。けれど、借用書まで見せられては、支払わない訳にはいかなかった。

おかげで両親が残してくれた財産は、すっからかんになり、おまけに新しい借金までできてしまった。

姉はもう働いていたけれど、私を含めて下の弟妹達はまだ学生。私は奨学金制度を使って、大学に通う傍ら、少しでも家計の助けになればと、アルバイト三昧《ざんまい》の生活を送ることになった。

大学卒業後はうまく就職が決まり、これからもきょうだいで支えあい、がんばろうと思ったのだが、配属された支店が遠すぎて一人暮らしをする羽目になってしまった。これは誤算だったが、それでも少ない収入から家に仕送りを続けていた。

苦しいながらも平和に暮らしていた私の人生の歯車が狂ったのは、あろうことか私があの男に、上司の前でグーパンを入れてしまったからだ。

あほです。いくら怒りで頭に血が上っていたとはいえ、あほとしか言いようがないです。ええ、ええ、言われなくてもわかってます。家計が苦しいのになにやってんだと言われても仕方ないです。だけど、あのときはどうしても抑えがきかなかったんです、ごめんなさい。

姉も必死で働いて借金返済に努《つと》めてくれてはいたものの、最近は事情があって入院している。

つまりは、その入院費も私が工面《くめん》しなければならなくなったという訳だ。妹と弟はやっと高校に上がったばかりだから負担はかけられない。だから、なるべく安定した企業に再就職しなければと焦《あせ》っていたのだった。

自分で言うのもなんだけど、それなりにがんばってきたんですよ、これでも。そろそろ報《むく》われてもいいと思いませんか。なのに、なんで私はこんなに運が悪いんだろうか……！

先ほど夕飯の席で社長にとんでもない提案をされ、あまりのことに私の心は過去へとワープしていた。目の前にまだ、彼はいるというのに。

「どうする、麻生さん。俺はどっちでもいいよ」

「……くっ……！」

にっこりと微笑まれて殺意が芽生える。人の弱みにつけ込むような、こんな奴に従いたくない。

けれど現状、この会社をクビになる訳にはいかない。だって妹の蕾《つぼみ》も弟の蓮《れん》もこれからお金がかかるし、姉の治療費だってまだしばらくは必要だ。だから、この話が今の私にとって、渡りに舟なのは間違いない。

でもっ、でもこいつはあの男の親戚で……だけど金持ち……！

お金で魂を売るようなことを考えるなんて、両親が知ったら怒るだろうけど、そんなこと言ってられないの！　わかって、空の上の父上母上！

「……ほ、本当に、面倒見てくれるの？　嘘じゃない？」

「なんなら契約書を作ってもいいよ。ああ、それと下の二人をこのマンションに引越しさせてもいいし」

「……か、考えたい、のですけど」

「いくらでもどうぞ？　でも、そんな時間はないんじゃないかなぁ？」

わかってます、わかってますけど。

だけど、私のなけなしのプライドが邪魔をする。

だって、目の前の悪魔は、あろうことかあの男の親戚。そんな人に、これ以上借りを作るなんて。

「ああ、良太のことは考えなくていいよ。あいつとは親戚づきあいがないし、他人と同じだよ」

「え？」

「血縁なのは間違いないけど、君がこれから先あいつと会うことはないよ」

なにがどうあっても、私に恋人役という面倒くさい役をさせようとしているらしい。

「……やります……」

「え？　なに？」

くっそ！　絶対聞こえてるくせに！　なんて白々しい!!

半《なか》ばやけくそになって、俯《うつむ》いたまま声を張り上げた。

「やります！　やらせてください！」

「そう。ならよかった」

にっこりと微笑まれてさらに怒りが募《つの》る。

ああ、なんか私、こいつに言いくるめられてばっかりだ。

「そうと決まれば、俺のこと好きになる努力をしてね、麻生さん」

「え!!　好きにならなくても、交換条件の為なら、どんな憎まれ役もしますけど……」

「甘いね。これから俺に同伴してパーティーとかにも出てもらうってことは、俺の婚約者のフリもしなくちゃいけないんだよ。リアリティがないと、きっとすぐにバレちゃうよ」

「は!?　え!?　恋人のフリだけじゃないんですか!?」

「当たり前じゃん。せっかくなら親父達にもだまされてもらおう！」

きらきらした目で、なにとんでもないこと言い出してんだおっさん!!

「大丈夫、安心して。俺もちゃんと努力するから」

「……なんの努力ですか……」

「麻生さんに惚《ほ》れてもらえるようにだよ」

「いいです、しなくて。っていうか、もう本当になにもしないで」

言いながら私は、食べ終わった食器を手にして、シンクに向かう。

彼は「えー」とかぶーたれていたけれど、知ったことか。

ただでさえ面倒くさいことを引き受けてやったというのに、あまつさえ自分に惚れろとは、どれだけ俺様なんだ。契約上の関係にしか過ぎないのに、そこまで付き合ってられる訳がない。

洗い始めると、彼も食べ終えたのか隣にやって来て、食器を置いて去っていった――と思った。

直後、ふいに背中に体温を感じ慌てて振り返ろうとした瞬間、与えられた感触に身体が跳ねた。

うううなじっ! うなじ舐められてる!

逃げようにも腰を押さえられてしまって、どうしようもない。そっち方面はまるっきり疎《うと》い私の頭は大混乱状態だ。

なにこれ、なんなのこの状況！

「——俺、本気だよ。せっかくなんだし、楽しもうよ、楓」

「……っ……！」

耳元で甘く囁かれて、身体中がぞわぞわする。なにこれ嫌だ、自分の身体が気持ち悪い!!

耳たぶを甘噛みされて、言いようのない感覚が背筋を駆け抜ける。

足に力が入らず、思考もうまく回らないけど、彼の言葉の意味は理解した。そして次の瞬間——

「んぅっ……!?」

顎《あご》を捕らえられ、唇をまた奪われた。

本当に殴りたい。まじで、なんなのこの人。

頭の中では罵倒《ばとう》し続けてるのに、足が床にはりついてしまったように動かず、逃げられない。

口内に侵入してきた舌に驚いて、彼のみぞおちに思い切り肘《ひじ》を入れたのは、当然の成り行きだと思う。

8　願掛け

「――では、これからよろしくお願い致します」

「はい、こちらこそ」

恭《うやうや》しく礼をして、永峯さんと取引先の会社を後にした。

外回りに出るようになって数週間。最初は営業なんて向いていないと思ったけれど、慣れてくれば結構楽しい。まだまごつくことの方が多いけれど、色々な人と出会えることの仕事にやりがいを感じ始めていた。

「じゃあ次はー、長谷川《はせがわ》企画さん回ろうか」

「はい！」

私は社用車の運転席に座り、書類を見ながら指示を出す永峯さんに頷《うなず》く。アクセルを踏むと、車はゆっくり動き始めた。

「長谷川企画の担当さんも、優しくて理解のある人だから、安心してね」

「ありがとうございます」

「にしても、麻生さんも大変よねぇ、毎日毎日。事務の子達はそんなに暇なのかしら」

「ははは……」

心底呆れたような口調の先輩に、私は苦笑を返すしかない。

あのロビーでの事件以来、社内では心休まらない日々が続いている。

そんな環境下での唯一の救いは、営業という職業柄、外回りに出られることなのだ。

結局、社内の女性社員がおとなしくしてくれていたのは数日で、今や私は嫉妬《しっと》という名の集中砲火を浴びている。

中でも、お姉様方のあの訳のわからない呼び出しが一番疲れる。社長には蹴散《けち》らせと言われたものの、いまだになにをすればいいのかわからず、とりあえず黙って彼女達の言い分を聞くことにしている。

一応、保険として、ボイスレコーダーを隠しもってはいるけれど。

個人的にはやりすぎなのではと思ったけど、彼が後々役に立つかもしれないから、いつももっておけと言ったのだ。

さらに婚約者として振る舞えとも言われたが、周りが納得するとはとても思えない。

だって私は新入社員で、相手は社長様。

そら、私だって家族のことがあるから、一生懸命やるつもりではいるものの、嫉妬《しっと》に駆られた女子を治めるのになにが一番効果的なのか、実のところよくわからない。

女子相手に力業《ちからわざ》もなー。手を上げるのが一番まずいだろうし、なにより、そんなことをしたら自分の身が危うくなるのは必至《ひっし》。さすがに暴力沙汰で職を失うのは一度で十分だ。

「でも……まぁ、私にそういうことをしてくる人が多いってことは、それだけ社長に人望があるんだと思いますよ」

「人望ねぇ。熱上げるだけ上げて、自分の仕事もしないような人達に好きって言われても、社長も困るだろうに。うちみたいに大きい会社はいろんな人がいても仕方ないと思うけどね。ちょっとみんな他人に流されすぎよ。私の可愛い後輩に、なにしてくれんだって言いたくなっちゃう」

そう言ってため息をつく彼女は、実際何度も私を助けてくれている。

一度なんて、二人で打ち合わせをしていたときに、永峯さんがちょっとその場を離れたら、ある女性社員がすかさずやって来た。そして、仕事中に遊んでいるとか、言いがかりをつけられた。そして戻ってきた永峯さんが、彼女に「他人に干渉《かんしょう》してる暇があるなら、上司の仕事でも手伝え」と言って追い返してくれたのだ。

それ以来、彼女はなるべく私の傍を離れないようにしてくれている。すごくいい先輩だし、できることならあまり迷惑をかけたくない。

そんなことを考えていると、目的地が見えてきた。

「あ、もうすぐ長谷川企画さんに着きますよ」

「あら本当」

駐車場に車を停め、私達は受付に向かった。

今日も無事に仕事を終え、私は自室にこもっていた。

すると、部屋のドアをノックされた。

彼はこちらの返事も待たずにドアを開ける。確かにあんたの家だが、礼儀はないのかと思いつつドアの方を振り返った私の姿を見て、彼は声をかけてくる。

「――あれ、なにしてるの？」

「……勉強デス」

「勉強？　なんの？」

「営業の勉強です。永峯さん……せっかく先輩に教えてもらったことを忘れたくないですし、ちゃんとできるようになりたいですから」

「……ふーん……」

ドア近くの壁に体重を預《あず》けたままニヤニヤと笑われて、酷く居心地が悪くなる。

なにか文句でもあるのか。与えられた仕事を真面目にやってはいけないのか。

「……なんですか」

「うん？　いや、いい子だなーって思って。今時いないよ。楓みたいに、望んだ仕事じゃないのにそこまで真面目に取り組む子って」

「……そんなことないと思いますけど」

「いやいや、本当に。希望職種であれば、やる気をもって働いてくれるんだけどね。時代かな――。言葉遣いも、気配りも、常識がないのかと思うくらいの子が多いんだよ」

「……そうなんですか……」

苦笑気味に言う彼に、経営者の立場から見ると、そうなんだろうかと考える。

それにしても人事のことや、社員の仕事の仕方にまで目を配っているとは思わなかった。

そういうことは現場の部長なり課長なりが見れば十分だと思うのだが、どうやら彼は他人まかせにはしない人らしい。

「……そういえば、なにか用事があったんじゃないんですか?」

「ああ、そうだ。ちょっと小腹がすいたから、夜食を作ってほしかったんだけど、でもいいや。勉強してるならそっちを優先して。営業優先って言ったのは俺だしね」

そう言って部屋を後にしようとする彼を見て、慌てて立ち上がる。

夜食の用意くらいならすぐ終わるだろうし、勉強は後でもできる。

「すぐ作ります」

「いいよ、パンかなにか探すから」

「いいですよ。私もちょうどおなか減ったし、それに食料のある場所なら、私の方が把《は》握《あく》してると思いますし。すぐ作るので、ちょっと待っててください」

「そう？　悪いね。じゃあ、できたら呼んで。俺は仕事してるから」

「わかりました」

おろしていた髪をシュシュで一つにまとめ、キッチンへ向かう。

前髪を分けているクリップもそのままだが、別にいいか。

キッチンに入り、冷蔵庫の中を物色して、雑炊でも作るかと調理にかかった。

この奇妙な同居生活が始まってから一ヶ月くらい経つだろうか。

昼間はお互いに会社。ロビーでキスされた後の一週間だけはなぜか帰りが遅かった彼だけど、最近は大体十時前には帰ってくる。

帰宅時間が合えば一緒に食事をとるけれど、そうでなければ私は先に済ませ、部屋で今日みたいに勉強していることが多い。

そして彼が帰ってきた物音が聞こえると、夕食を温《あたた》めにいくのだ。

そんな生活サイクルにおいて、今日のような命令は初めてだった。

まぁ別に、夜食を作るくらいどうってことないんだけれど。

そんなことより、もっと真剣な悩みがある。

たとえば、そう、こんな風に後ろから腰を抱き寄せる——

「――もうすぐできる……？」

過剰なスキンシップだ。

「ひゃあああああ!?」

鍋を火にかけていた私の背後からいきなり耳に吹き込まれたその声に、身体が跳び上がるほど驚いた。

慌てて振り向こうにも、腰に回された腕のせいで思うように動けない。

やめてくれって何度も頼んでるのに、なんでこの人はこんなにしつこいの！

隙あらば、平気でキスとか、過剰なスキンシップを取ろうとしてくるこれらの行動に、私がどれだけ迷惑しているのか絶対気がついているくせに！　けれどいかんせん、こういうときどういう態度をとればいいのか、私には皆目見当《かいもく》がつかない。

いつも顔を真っ赤にして暴《あば》れるだけである。

「んー、いい匂い」

「ちょっと!!　離してください！　もうできますから！」

「えー」

「えーじゃない！　離せ!!　鍋の中身ぶっ掛けますよ!!」

そこまで言ってようやく彼の腕の力が緩み、ほっとしたのも束の間、今度は背中をなでられて全身に鳥肌が立った。

「ちょっと……！」

「……髪の毛、すごい長いね。いつもお団子に纏《まと》めてるから、気づかなかった」

背中をなでていると思った手は、腰に届くほどの長さのある私の髪の毛をさわっていた。

ああ、そういえば、この家で髪の毛を下ろすのはお風呂に入っているときか寝るときぐらいだったっけ。

「……髪に、願掛けしてるんです。本当はもうちょっと短くしたいんですけど」

「願掛け？　なんの？」

「それは……、秘密ですよ。別に言う必要ないでしょう」

鍋の火を止めながらそう答えた。

「俺には言えないこと？」

「言えないっていうか……言いたくないだけです。ほら、よく言うじゃないですか。願い事は誰かに話すと叶わなくなるって」

苦し紛《まぎ》れの言い訳だったが、彼は納得してくれたらしい。

鍋をもち上げようとしたら、ふいに手をつかまれた。

何事かと振り返ると、信じられない光景を目の当たりにし、私の顔は一瞬にして真っ赤に染まった。

「――じゃあ、楓の願い事が、早く叶いますように」

彼は私の髪の毛を一房つかみ、そこに口づけを落としていたのだ。その様子に、この人本当に、どっかの国の王子なんじゃないのと、つい思ってしまった。

9　設定上

「どうしたの？」

「うーん……」

翌朝、仕事場のデスクの引き出しを開けたり閉めたりしていると、永峯さんが尋ねてきた。

言わなくてもいいかと思うけれど、相談した方がいいんだろうなぁ……

「……あの、永峯さんに教えてもらったことをまとめておいたノートが消えてまして……コピーが家にあるので、まぁ大丈夫なんですけど……」

「ええっ？　なんで？　ちゃんとしまっておいたんでしょう？」

「はい……さっきまではあったんですけど……」

「もう一度よく探してみたら？　それでもなかったら紛失物《ふんしつぶつ》として届けを出してみたら、

見つかるかも」

「わかりました、すみません」

「いいえー」

なくなったものが個人的なノートだから、深刻な問題ではないけれど、でもやっぱり、ちょっとへこむ。

机の上は常に整頓《せいとん》するように心がけてるし、書類やノートを出しっぱなしにしたままで席を離れないようにしていたはずなのに。

首を傾《かし》げつつも、仕事の続きをしようと、必要なデータを取り出す。

だけど、これは始まりに過ぎなかったのだ。外回りから帰ってくるとひざ掛けが消えていて、ちょっと席を外すと、次はカーディガンが消えていた。

「……これは、ちょっと、由々《ゆゆ》しき問題ねぇ……」

「……やっぱり、こうも立て続けっていうのは、おかしいですよね……」

「まぁねー。ちょっと、相談してみるかなぁ……」

「え？　誰にですか？　部長に？」

「まぁ、それはもちろん報告はするけどね。誰に相談するかは秘密。ただ、一応お知らせしておかないと後でうるさいから」

苦笑する彼女を不思議に思ったけれど、私は先輩の言葉に頷《うなず》いた。

「――だから、あなたと社長がどういう関係かって聞いてるの」

「……いえ、あの、だから、お付き合いさせて頂いている関係ですと……」

お昼休みの今、人通りの少ない非常階段に呼び出された私の正面で目を吊り上げている彼女は、秘書室きっての美人と名高い、川村《かわむら》さんである。

王子様ファンクラブの代表みたいなものを務めていると噂で聞いた。

社内にそんな組織があるとは思ってもいなかっただけに、初めて聞いたときは、なにやってんだろうこの人、とかちょっと思った。

「そんなことわかってるのよ！　なんであなたみたいな人と社長がお付き合いする関係なのかって聞いてるの！」

「それは……その、お互いを好きになったからとしか……」

「社長があなたみたいな人を好きになる訳がないでしょう！」

随分《ずいぶん》な言われようだな。あなたはあの人のなにを知ってるんですかとか、他意はなくても聞きたくなってしまう。

大人しくしてたのがいけなかったのか、最近頻繁《ひんぱん》になってきたお姉様方の呼び出しに、そろそろ業務に支障が出そうだ。私達の関係を説明すると策《さく》を変えたのはいいものの、それで納得してくれるはずがなかった。

わかりきっていたことだが、かなり面倒くさい。もう投げ出したい。

だけど、きょうだいのことがあるから、それもできず、有効な解決策もないままだ。

自分のファンぐらい自分でしつけしなさいよ、とか、責任転嫁《せきにんてんか》してみるものの、普通、立派な社会人がこんなくだらないことするなんて思わない。

どの手が一番効果的なのかまだわからないけれど、とりあえずできるだけのことはやってみよう。今この仕事をやめる訳にはいかないのだし。

「――あの、社長がなんで私を選んでくれたのかとか私に聞かれてもわかりませんので、社長の気持ちは社長に聞いて頂けませんか？　他の方なら難しいでしょうけど、川村さんは秘書室勤務なんですから、社長と直接お会いする機会も多いでしょうし。あっ、私そろそろ戻らないと」

「なっ……！」

彼女だって仕事があるだろうに。永峯さんじゃないけれど、そんなに暇なんだろうかと、ため息をつきたくなってしまう。

ああ、なんだか本当に面倒くさいこと引き受けちゃったなぁ。

私はがっくりと肩を落とした。

ぐったりして帰宅した私は、食事を終えてリビングで新聞を読んでいる彼に問いかける。

「——社長、どこまで言っていいんですか」

「どこまでって、なにを？」

珍しく早く帰宅した彼は今、リビングのソファでくつろいでいた。

正直、その姿がお父さんみたいだと思ったけれど、口にしたらなにをされるかわかったものじゃないので、心の中にしまっておく。

「蹴散《けち》らすにしても、どこまで言っていいのかわかんないから、当たり障《さわ》りのないことしか言えないんです。たとえばほら、出会ったきっかけとかそういうの。なんにも決めてないじゃないですか」

「ああ、なんだそういうこと？　それなら好きに設定を作ってくれてかまわないのに。俺は適当に合わせるから」

「そんなのすぐバレちゃいますよ」

「いつまでも大人しくしてるから、なんでかなーとは思ってたんだけど、そういうことを考えてたなら早く言えばいいのに」

気づいてたなら言えよ、とか思ったけれど、我慢、我慢。

「座って」と促《うなが》されて、ローテーブルの前の床に腰を下ろす。

下手に隣に座ると色々遊ばれるのは、もう身をもって体験しているから、丁重《ていちょう》に辞退させて頂いた。

彼は面白くなさそうな顔をしていたけれど、私は自分の身の安全のほうが大事だ。

「婚約者って、言っていいんですか。あ、でもそれだといつ結婚するんだとか、突っ込まれるのかな」

それはそれで困る。本当に結婚する訳ではないから、時期とか聞かれても答えられない。

「言っていいよ。そうだな、今年の冬ぐらいには結婚する予定って言っておきなよ」

「え？」

あまりにもさらっと言うもんだから、こっちが戸惑う。

そんなこと言って、後になってバレたらどうするんだろうか。

「実際に結婚するしないにかかわらず、今の状況打破に必要ならそう言ってもいいんじゃない？　ああ、そうだ、明日指輪でも買いに行く？」

「……え、でも」

「心配しなくても大丈夫。婚約者のフリをするなら、それなりのことしないとね」

にっこり笑われて、それもそうかと考え直す。婚約者と断言した方が下手に手出しはされないかもしれない。

そこまで頭をめぐらせて、唐突に明日が何日か思い出した。

「あっ、すみません、明日はだめです。予定があるんです、ごめんなさい」

「うん？　明日は土曜日だから仕事はないよね……あっ、友達と約束でもあるの？」

「あの……突然で申し訳ないんですけど……明日、実家に帰ってもいいですか……？」

明日は二十三日。両親の月命日だ。色々あって、すっかり頭から抜け落ちていた。

前日に言い出すなんて申し訳ないが、明日だけはどうしても帰ってお墓参りをしなければ。弟妹の様子を見に行きたいし、姉のお見舞いにも行きたい。思い出した途端、それぱかりが気になってくる。

「……あぁ、そうか、すっかり忘れてた。ごめんね」

「……え、と」

「お墓参りでしょ、行っておいでよ。どうせならそのまま土日は実家でゆっくりしてきな」

「え、あ、いや、日帰りで大丈夫です」

なんで日付まで知っているのか気になったけれど、彼が私のいろんな事情について知っているのは今さらなので、まぁいいか。

そんなことより、土日は帰ってこなくていいと言う彼の寛容《かんよう》さの方に驚いた。

いや、元々休みが欲しいときは言えと言われていたけれど。

「別に俺のことは気にしないでいいよ？」

「ああいえ、別にそういう訳では……」

弟妹はものすごく家事が苦手で、姉がいない今はなんとか自分達でやっているようだが、私が帰ったときはここぞとばかりに私に押しつける。まぁ別にたまのことだからいいんだけど。

そういえば、このマンションに弟妹を連れてきてもいいと言っていたと、不意に思い出した。

「……あの、そういえば……妹達をここに連れてきてもいいって、前におっしゃってましたよね……？」

「ああ、うん。いいよ。ここは一棟、俺のマンションだし、部屋は余ってるから」

どんだけセレブなんだ。

そう突っ込みそうになったけれど、そういえば目の前のお方は社長で、本物のセレブ様でした。

「あれからなにも言ってこないから、俺に会わせたくないのかと思ってたけど」

「あ、いや違います。忘れてただけで……姉が戻ってくれば、妹達は実家に戻ると思うので、姉が戻ってくるまででいいので、連れてくる訳には……」

「いつまででもいいよ。連れておいで。部屋は用意させておくから」

再び開いた新聞に目を通しながら平然と言う彼に、ちょっと驚いた。

弟妹の面倒を見てくれるといったあの言葉は本当だったのだと思うと、ちょっと、ほんのちょっとだけ、見直した。

翌日の土曜日。久しぶりに実家に帰り、弟妹と一緒に墓参りと姉のお見舞いに行った後、私は二人に荷物をまとめさせた。それから、なにがなんだかわからないといった顔をしている二人を、このマンションまで連れてきた。そして二人は今、玄関先で社長の姿を見た途端固まっている。

「……!!」

「はじめまして」

彼が二人に向けて、にこりと言うも、ぴくりともしない。私は焦って返事を促《うなが》す。

「二人とも挨拶！」

「こ、こんにちは!!」

まぁ、確かに、一人暮らしをしていた姉がいきなり高級マンションに移り住んで、しかもこんないい男の家政婦をしているなんて、突然言われても信じられないだろうけれども。

お見舞いに行ったとき、姉には詳しい事情は省《はぶ》いて、しばらくは二人をこちらのマンションで預《あず》かるからと説明しておいた。

気にしないでいいと言ったけれど、病室を出るまでずっと申し訳なさそうにしていた姉の顔が今でも頭に残っている。

「すみません社長、この子が妹の蕾で、こっちが弟の蓮です」

「麻生蕾、十七歳です！」

「麻生蓮、十六です！」

「片倉龍之介です、よろしくね」

にっこりと、まるで取引先相手にでも向けるかのような笑顔。私は胡散《うさん》臭いと思ったけれど、二人には警戒心を与えてはいないようだから別にいいか。

私が二人に靴を脱ぐように促したところで、彼は首を傾《かし》げた。どうしたんだろう？

「……なにか？」

「二人の部屋、隣に用意させたよ」

「はい？」

「ここは俺と楓の家だから、二人の家は隣。来てもいいとは言ったけど、同じ家に住まわせるとは言ってないよね？」

「え、いや、社長!?」

「隣なら楓も二人の世話ができるし問題ないでしょ。ここに住むのは、ちょっとね。まだ未成年の二人に、恋人同士の営《いとな》みを見せるなんて、刺激が強すぎるから」

なに口走ってんのこの人!!

「え!?」

「え……まさか、片倉さんって……かえちゃんの、こい、恋人……!?」

すぐさま反応した妹達の様子に、自分の顔が青くなるのを感じる。中途半端な嘘では納得しない弟妹に、どうやって説明しよう。いっそ気を失ってしまいたいと、現実逃避をしてみた。

10　妹と弟

無言で彼から鍵を奪いとり、隣の部屋に二人を押し込んだ。

リビングに着いたところで、それぞれ違った目を私に向けてくる。蕾はなぜか目をきらきらさせているし、蓮はものすごく鋭い視線を私に投げかけている。

二人がなにを考えているかなど、容易に想像がついた。

「ねえねえ！　かえちゃんと片倉さんは付き合ってるの!?　同棲してるの!?」

「かえちゃん、家政婦のアルバイト先の家主って言ってたよね？　嘘だったの？」

「い、いやその、そのね？　いろいろと事情があるの。もう、それはとっても深い訳がね！」

二人に詰め寄られ、じりじりと後ずさる。

どうにかうまい言い訳を作れないかと視線をさまよわせると、部屋がやけに整っていることに気がついた。

部屋を用意したと言っていたけれど、二人が過ごしやすいように家具まで揃えてくれたのか。

「かえちゃん！　ねえ、片倉さんは私のお義兄ちゃんになるって思っていい？　ねえ、いいかなぁ!?」

「ありえないから！」

「かえちゃん、まだ懲《こ》りてないの？　なんであんな高望みするの。人には身の丈にあった暮らしってのがあると思うよ。こんな金持ち、また痛い目見るんじゃないの？」

「そこまで世間知らずじゃねぇわ!!　っていうか蓮、なんなの！　お姉ちゃんに向かって！」

「前科があるからでしょ！」

「えー私、片倉さんにお義兄ちゃんになってほしいなー。かっこいいお義兄ちゃんって自慢できるもん」

ありえない妄想に花を咲かせている妹はさておき、末っ子の弟はいたくしっかり者に育っているようだ。

口うるささがどこか母を思い起こさせる。これさえなければ素直で可愛い弟なのに！

「とにかく！　桜《さくら》ちゃんが退院するまで、あんた達ここでお世話になるんだから、社長に失礼の無いようにしてよ！　いい!?」

「はぁい」

「……」

「蓮！」

「……わかったよ！」

素直に返事をした蕾とは反対に、ふてくされたまま返事をする蓮には一抹《いちまつ》の不安が残るものの、とりあえず黙らせた。

とにかく、桜ちゃん――一番上の姉――が戻るまで、なんとかがんばろう。そうと決まれば、今日はもう遅いし、二人にはとっとと寝てもらおう。

どうせ明日も休みだし、詳しいことは明日決めればいい。私も疲れたし、今日はもう部屋に戻って寝てしまおう。

時計を見ればもう夜の十一時を過ぎていた。この時間なら、彼も夕食は済ませているだろうし、なにかを頼まれることもないだろう。

「じゃあ、また明日来るから、戸締まりしっかりしてね。部屋は自分達の好きなところを使っていいけど、ここは借りてるだけなんだから綺麗に使うこと！」

二人の「はーい」といういい子の返事を受けて、部屋を後にする。

隣の部屋にはできれば戻りたくないけれど、私の荷物も全財産も全てそこにある。

仕方なく鍵を開けて部屋に入ると、リビングの明かりがまだついていた。

仕事してないんだ。珍しい。いつもこの時間は書斎にこもってることが多いのに。

そう思いながらリビングに入った私は、ソファからはみ出ている長い足にぶつかってころびそうになった。

「……あっぶなっ……！　な、なんでこんなところに……っ！」

寝るなら寝室にいけよ！

「――なに、襲ってくれるの？」

「は？　わ!!」

腕をとられて、ぎりぎりで保っていたバランスを崩され、仰向けに倒れる。

視線を上げると、目の前に背筋に寒気が走る笑みを浮かべている男の顔があり、一気に血の気が引いた。彼は覆いかぶさるように、私のすぐ上にいる。

「……あ、あの……しゃ、社長……？」

「――ねぇ、もっとリアリティを追求しようか」

「は!?」

私の身体を跨《また》いだまま、手に口づけを落とされて、顔が熱くなる。

スマートな仕草で、そんな場合ではないのに、思わず見惚《みと》れそうになった。

こっちが混乱している間に、指にするりと冷たい感触が伝った。そこに指輪が通されたのだと気づく。

大きすぎず、小さすぎず、上品なデザイン。まさか、昨日言っていたあれだろうか。

「しゃ、社長。これ、もしかしなくても、ものすごい高いんじゃ……」

「まあ、それなり。気にしなくていいよ、楓に似合うと思ったからこれを選んだだけだしね。それより、抵抗しないんだね？」

「……っ……」

その言葉にぎくっと身体が強張った。

指輪に驚いて、反応が遅れただけだよ！　どいてよもう！

「部屋、結構整ってたでしょ？　二人の暮らしに不便が無いように、俺がんばったんだー」

「そ、それは……あの、本当に、ありがとうございます……。ところで、ど、どいてもらえませんかね……？」

「……ご褒美《ほうび》、くれないの？」

「……は？」

「がんばった俺《カレシ》にご褒美は？」

「やあああ！　あの、い、言ってる意味がわかりかねるんですけれども!!」

ご褒美ってなんだ！

私の頭の中は大混乱である。

彼はそんな私の気持ちなど一切気にせず、ゆっくりと顔を近づけてくる。両手首を頭の上でひとくくりにされている私は、逃げることすらできない。

せめてもの抵抗で顔をそらしたけれど、顎《あご》を捕らえられて、いよいよ逃げ場が無くなった。

「しゃしゃ社長っ！　あの、や、やめましょうよ冗談ですよね⁉　私みたいなのに食指《しょくし》なんて動かないでしょう‼」

「食指って。はは、本当に面白いね。残念だけど、楓は俺のドストライクだから」

「はあああ⁉」

「ちょっと黙ろうか」

「ちょっと！　んっ……‼」

強引に唇を塞《ふさ》がれ、有無を言わさず舌が入り込んできた。そしてそれは私の口内を動き回って、逃げる私の舌を捕まえて絡め取っていく。

初めての感覚に、背筋が震えた。

知らない、こんなの。こんなの、嫌だ。

「……んぅ……っやっ……！」

「……慣れてない？」

「……だ……だって……‼」

泣きたくなんかないのに涙がぼろぼろ零《こぼ》れ落ちる。

いつも、ふざけてキスしてくるときだって、こんな風に荒々しくはしなかった。

彼に初めて「男」を感じて、本気で怖かった。

「……あー、ごめん。ごめんね、楓」

「さいってい……！」

苦笑した彼は、私の身体を起こし、ぎゅっと抱きしめる。

「もうしない。楓がいいって言うまでしないから」

「言いませんよ！　なんでこんなことするんですか!!　そりゃ弟と妹のことを気遣ってくれるのはすごくありがたいけど！　だからってこんなこと!!」

「あー……うん、そうだよね。ごめん」

私が今泣いてるのはこの人のせいだ。だから、遠慮なくそのシャツに涙をしみこませてやる。どうせ洗うのは私だけれど。

「さいってい！　最低！　本当馬鹿じゃないの、なに考えてんの！」

「はい、おっしゃるとおりです。ごめんね」

なだめるように私の頭をなでてくる手が優しくて、それにほだされかけてる自分にちょっといらっとする。

だから、私は彼の腕を振り払って、逃げるように自分の部屋に駆け込んだ。

＊＊＊

「――……参ったね」

そんな苦笑を漏《も》らしつつ、俺はソファに座り直す。

本当に参った。あんなに可愛いとは思わなかった。

ちょっとからかうだけのつもりが、本気になった。

彼女の涙で我に返ったけれど。

自分でも大人気ないとは思う。簡単に言うと、嫉妬《しっと》したんだ、あの仲のいいきょうだいに。

楓に好意的な目を向けられているあの子達がなぜか無性に羨《うらや》ましくなって、できることなら自分もあんな風に信用されたくなった。

だから今の自分のポジションが気に入らなくて、その苛立ちを彼女をからかうことで解消しようとした。

そんな自分のしでかした情けない行動を思い出して、自嘲《じちょう》する。

いい年した大人が、まだ高校生になったばかりの子供に嫉妬してどうする。

このマンションに弟妹を連れてくるように勧めたのは俺だ。

彼らの身に起きたことを考えれば、あれほどお互いを信頼する理由だってわかる。

その間に割《わ》って入りたいなど、おこがましいんだ。

俺にその資格はないのだと、自分自身に言い聞かせる。

ソファに身体を預《あず》け、先ほどまで彼女の身体に触れていた自分の掌《てのひら》を見つめた。

「……俺が、手を出していい子じゃないんだけどな……」

彼女に触れるには、俺じゃ汚すぎる。

苦境に立たされても、なお強くあろうとする彼女に、自分が触れる権利はない。

自分がすべきなのは、彼女の憂《うれ》いを取り除いて、彼女とそのきょうだいが平穏に過ごせるようにすること。

信頼されていない俺が今日みたいなことをするのは、彼女の憂いとなり得る。

なのに、彼女に笑顔を向けられるだけで、あっけなく意志が崩れる自分自身がわからなくて、どうにも調子が狂う。

どうしてこんなにも、彼女に触れたくなるのだろう。

可愛いだけじゃない。彼女は俺のなにかを煽《あお》ってくる。

自分は自制心のある人間だとばかり思っていたのに、楓相手ではそれがまるで通用しない。

それがなぜなのか、今は考えるべきじゃないと言い聞かせて、寝室へと足を向けた。

訳のわからない感情に振り回されている場合じゃないのはよくわかっている。

ベッドの脇に置いてあるパソコンを起動させて、メールをチェックした。

多くは仕事に関するものだったが、一通だけ雰囲気が違う件名のメールが届いている。

そのメールを開き、内容に目を通すと、待っていた知らせだった。それを見ながら、これからすべきことを考えた。

けれど、気を抜くと、浮かんでくるのは楓のことばかりだ。

彼女は俺のことを、どう思っているのだろう。

――いや、なにを考えているんだ、俺は。

楓が俺のことを好きでも嫌いでも、俺は楓とあの素直で可愛らしい弟妹達、責任感の強い姉を全員ひっくるめて助けると決めたのだ。

楓が聞いたら、なにを勝手な、と怒りそうだけれど、これはもう決心したことなんだ。

俺が彼女に手を出してしまったら、それこそ自分の手で彼女を傷つけることになるかもしれない。そんなこと、あってはいけないんだ。絶対。

おまけに、それをすれば、これからすることに支障が出てくる。

だから、自分の想いには蓋《ふた》をする。

唯一無二のそれを彼女の指にはめたくせに、今さらなにを、その自分に対する突っ込みは無視した。

自分の気持ちを認めてしまえば、全ての計画が崩れる。

自分の中に生まれたこの気持ちは、ただの気まぐれだと首を横に振って、メールに短い返事を打ち、ため息を零《こぼ》した。

いつもは気丈に振る舞う彼女が見せた涙に心がざわつく。

自分が触れても笑っていて欲しいと、俺は身のほど知らずな望みを抱いた。

＊　＊　＊

翌朝、弟妹揃ってこちらの部屋にやって来て、社長も含めた四人で食卓を囲む。

「かえちゃん」

「なに？」

「あの……」

「……」

「気にしないでいいよ、二人とも。昨日、俺が楓のことを怒らせちゃったせいだから」

にっこりと笑う社長の頭を、手にもっているお玉ではたきたくなった。

弟妹達はこちらの様子を窺《うかが》ってくるけれど、気づかないフリをする。

二人には立派な和食。反対に家主の男の前には卵かけご飯のみだ。

口でも腕力でもかなわないと悟った私は、仕返しをするならこれしかないと思った。

「いいから早く食べちゃって。片付かないから」

「は……はぁい」

「……いただきます」

「いただきます」

おずおずと食事を始める蕾と蓮をよそに、笑顔を保ったまま卵の黄身をつぶして食べ始める彼はなんのダメージも受けていないようで、ちょっとむかつく。

罪悪感があるなら、少しくらい申し訳ないって顔をしたらどうなんだろう。

「……あの、片倉さん」

「うん？」

私が後片付けをしていると、テーブルの方から蓮の真面目な声が聞こえてきた。ふと顔を上げると、弟はものすごく真剣な顔で社長を見ていた。

なんだろう？

「かえちゃん……楓姉さんと、本気で付き合ってるんですか？」

「ぶっ！」

噴いた。そりゃもう豪快《ごうかい》に。なにを言い出すんだ、我が弟よ‼

「――本気だよ、楓と結婚を前提に付き合ってる」

その返事に、言葉を失った。

どれだけ堂々と嘘をついてるんだ。一体どんな神経してんの？

そう思ったけれど、その真摯《しんし》な口調に、心臓が一瞬、大きく高鳴った気がした。

「……っ……ご存知かもしれないですけど、楓姉さん、男に痛い目に遭わされてるんです。だから傷つきやすいんです。本人は強がってるけど、本当はすごく弱いんです、あなたに楓姉さんが守れるんですか」

「蓮!!」

思わず、叱りつけるような言い方になってしまった。

私を心配して言ってくれたのだとわかっていても、思い出したくない記憶を呼び起こす。

「……っ、かえちゃん！　でもっ！」

「うるさい。それ以上言わなくていい」

「……ごめん……」

しゅんと肩を落とした弟に、少しきつすぎたかなと罪悪感が湧き起こるけれど、言ってしまったものは取り消せない。

ぎこちない笑みを浮かべて社長に言った。

「気にしないでください。忘れてもらって結構ですから」

「……蓮君、蕾ちゃん。俺は全部知ってるから、安心して。あいつと同じようにはならない。今は信用できないかもしれないけど、必ず楓を幸せにするから」

「……っ……」

「片倉さん……」

自分より二回り近くも年下の子供に、目線を合わせてそう言い切った彼に、私はますます混乱してしまう。

互いに利益があるから契約を結んだだけなのに、どうしてそこまで言い切れるんだろうか。

ああ、この関係が終わったら、あの子達が傷ついてしまうなぁと、ぼんやり考えた。

11　それが持つ意味

「あれー？　麻生さん、今日お弁当なの？」

「あ、はい。久しぶりに妹達が遊びに来て、お弁当をもたせたので、そのついでに」

お昼休みになり、机の上にお弁当を広げると、永峯さんが中身を覗き込んできた。

夕飯の残り物を詰めただけのお弁当を見られるのは、ちょっと恥ずかしい。けれど、隠すものでもないかと、手をつけようとしたところで永峯さんのストップがかかった。

「机で食事しちゃだめなのよ。食堂に行くか、休憩ルームを使ってね」

「あ、はい」

「そうだ、なんなら食堂行かない？　私、今日は食堂で済ますつもりだったからさ、付き合ってよ」

「いいんですか？」

「いいもなにも、私から誘ってるんだから」

笑ってそう言ってくれる先輩に感謝しつつ、広げたばかりのお弁当を慌てて包み直し、彼女についていく。

そういえば、この会社の食堂を利用するのは初めてだ。少しわくわくしながら足を踏み入れると、一瞬シーンと場が静まり返った。

そういえば私は今、「新入社員のくせに、社長と付き合ってるとか勘違いしてる痛い女」として有名なんでした。

多くの社員が今度はひそひそと小声で話し始める。

文句があるなら直接言ってこいよ！　とか、思ってしまうのはいけないだろうか。これならまだ呼び出しでもなんでもくらった方がマシだ。

永峯さんはそんなことは一切気にせず、空いている席を確保してさっさと座ってしまう。私も彼女の前に腰を下ろして、お弁当の包みを開いた。

「さっきも思ったけど、お弁当おいしそうよねー。それ、麻生さんが全部作ったの？」

「あ、はい。って言っても、ほとんどは夕飯の残りだから、ものすごい手抜きなんですけど」

「それでもすごいわよー。ほら、普通さ手作りっていっても、最近は冷凍食品ばっかり詰めてる子とか多いじゃない？　それを平然と『手作りなんですー』とか言うの、ちょっとわかんないわー、私」

苦笑しつつ、お箸を手に取り、小声でいただきますと言ってから手をつける。ふと、永峯さんがこちらを見ながら、ニヤニヤしているのに気づいて顔を上げた。

「……！　あの？」

「ねーぇ？　さっきさ、妹達のを作るついでとか言ってたけどさ」

「……！？」

「麻生さん、確か一人暮らしだったよねぇ？　本当は、彼氏に作ってって頼まれたんじゃないのー？」

「ぐっ、げほっ!!」

卵焼きが喉に詰まり、思いっきりむせた。

……！　いや、ここまで噂になってれば、いやでも耳に入ってくるか。

「私もさー、噂を聞いてただけだし、麻生さん、私情を挟まないですごくがんばってくれてるから黙ってたんだけど。本当に王子と付き合ってたんだねー。その指輪を見て納得した」

「い、いいいやあの、これは、その……！」

顎《あご》で指し示された指輪を慌てて隠したが、すでに遅かった。

ああそうか、朝から周りがうるさかったのは、これのせいもあるのか。

「知ってる？　その指輪ね、うちのジュエリー部門で、唯一社長がデザインした限定品なの」

「え？」

「すごい人気でね、発売と同時に完売。だから今じゃ手に入んないって有名なのよ。どうしても欲しければ、誰かから譲《ゆず》ってもらうか、オークションで探すか。後は、製造番号ゼロ番のものを手に入れるしかないの」

「……はあ……」

ニヤニヤした笑みを浮かべたまま続ける彼女に、私は首を傾《かし》げる。

この指輪、そんな貴重なものだったのか。そんな貴重な指輪をただの偽婚約者に贈るとか、金持ちの考えることはよくわからない。婚約者のフリをやめるときになったら、返すんだからいいのか。

「それでね、この商品の製造番号ゼロ番っていうのは、王子様が自分の手元に保管してるんだって」

「？」

「それ、指輪の裏側にローマ字でMAPLEって入ってない？」

「えっ!?」

慌てて指輪を外して裏をみると、確かに、「ゼロ」の後に「MAPLE」と彫られている。

全く気がつかなかった。

でも、それがどんな意味をもつのかはさっぱりわからない。

永峯さんはその理由を知っているらしく、ものすごく楽しそうな顔をして爆弾を落とした。

「そんで、その指輪にまつわる噂っていうのがあって、なぜ自分の手元に置いているかというと、『片倉社長が、自分の愛する人に贈る為に考えた、唯一無二のリング』だからなんだってさ」

それを聞いて、血の気が引いた気がした。

「は――……！」

定時を過ぎた女子トイレには誰もいない。洗面台に手をつき、思い切りうなだれた。

今日は、なんだかいつも以上に周りの視線が痛かった。

視線の先は、主に、私の左手にはまっている指輪。

永峯さんの話を聞いてから、私はずっと針のむしろに座っているような気分だった。

そうですよね、そりゃ、社内のアイドルが、ぽっと出のさえない女をいきなり自分の彼女ですなんて言って、後生大事にしていた指輪を贈ったりなんかしたら、今まで王子様にお熱だった人達はお怒りになりますよね。

その件について、あの男をものすごく問い質《ただ》したい。どういうことだと。

こんなもの、話がややこしくなるだけじゃないか。なんだ唯一無二のリングって、どんだけロマンチストだ、くそったれ！

思うように仕事が進まず、結局残業になってしまったのは自分の力量不足が主な原因だけれど、あの男にも責任があると思う。周囲からの刺すような視線のせいで、集中できなかったのは確かなのだ。

再びため息をついて、髪の毛を纏《まと》めている簪《かんざし》を引き抜いた。すると、髪の毛がはらりと背中に落ちて、頭の締めつけがふっと和らぐ。

棒一本で、たいした時間もかからずに綺麗に纏まる実用性を気に入って簪を愛用しているが、それを外したときの解放感も好きだ。

願掛けの前から、肩にかかるくらいの長さはあったけれど、思いのほか伸びている。半年、いやもうすぐ一年か。結構伸びるもんだなぁと、鏡の中の自分に向かって苦笑した。

そうか、この髪に願掛けをして、もう一年にもなるのか。

掛けた願いはいまだ叶わず、髪の毛を切れるのもまだまだ先だろう。

鏡に映る自分の顔は、驚くほど暗い。疲れてるのかな、それとも、願いが叶う望みが薄いから？

そこまで考えて、首を振った。そんなこと、考えたって埒《らち》があかない。私は自分にできる精一杯のことをやるだけだ。

そう自分を奮い立たせて、下ろした髪の毛を纏めようと髪を束ねていると、複数の足音が聞こえた。

「……あら、あなたなにしているの、こんなところで。なぁにその髪の毛、みっともない！」

はぁ、それは大変申し訳ありません。でも今、纏めているところで……っていってもきいてもらえそうにない。あなた達こそ、なぜ営業フロアにあるお手洗いにいらっしゃるのでしょうか、秘書課の皆さん。とかたずねても答えてもらえないのだろうなとぼんやり考えた。

私に直接声をかけてきたのは川村さんだけだったけれど、全員と視線を合わせ、控えめに「お疲れ様です」と返す。後ろにいるお取り巻き連中もさることながら、いつ見ても川村さんは派手な格好をしているなぁ。

「あなた、この会社の社員っていう自覚あるの？　そんなだらしない髪型で社内を歩かないでちょうだいね、会社の格が下がるわ」

「……すみません」

それくらいのことが会社の品格にかかわるんですか、本当に面白いこと言いますね、なんて言ったら、この人絶対ヒステリーを起こすだろう。

そんな私の心中を察したのか、川村さんのお美しい顔の眉間に深い皺が刻まれて、瞬時にやべって思った。

「……そうね、身だしなみを教えるのも先輩の役目よね。ねえ誰か、はさみもってる?」

「……は?」

彼女の言葉に首を傾《かし》げたのは私だけで、どうやらお取り巻きの方々は彼女の言葉の意味を正しく理解しているようだ。

さっと出てきたはさみに、背筋が凍る。

え、なにする気。

ものすごく高いピンヒールのかかとをカツカツと鳴らして歩みよってくる彼女に、恐怖を感じる。

知らず後ずさっていた背中がとんっと壁に当たり、ひんやりとした温度を感じる。

「――あなたがいけないのよ、身のほどをわきまえないから」

「え、いや、あの、川村さん? あの、やめましょうよ。っていうか、なにをなさる気か存じませんけど、ここ社内ですし……！」

　下ろしっぱなしになっていた髪の毛を乱暴につかまれ、引っ張り上げられた。

　え、ちょっと待て待て、待てって！

　まさかとは思うけれども、社会人にもなってそんな人がいるとは思えないけれども!!

「……こんな汚らしい髪の毛なんて、伸ばす必要ないでしょう？　さっさと短くして、
私にはあなたの相手は務まりませんって、その指輪、片倉社長に返してらっしゃいな。

その方が、あなたも楽になれるでしょうに」

「ちょっとやめ……っ！」

　私の叫び声も虚《むな》しく、無情にもはさみの音がお手洗いに響き渡る。

　私の願いがかけられていた髪の毛が無残に散っていく。

　乱雑にはさみを入れられたから、切り口もばらばらで……

　その瞬間、私の中で、なにかが切れる音がした。

「あらやだ、よくお似合いよ」

「……ざけんな、何すんのよ……っ！」

「は？」

　くすくすと笑う女達に、怒りが湧く。

　あんた達が嫉妬《しっと》するのは勝手だが、人としてやっていいことと悪いことがある。

こっちの事情なんか、なに一つ知らないくせに！

「ふざけんなっつったんだよ！」

「なっ……！」

「なにが身のほどだ！　そんなもんくそくらえ！　あんたみたいな底意地悪い女に好かれた片倉社長が哀れにすら思えるわ！」

「なっ、なんですって⁉」

「私が身のほどをわきまえないなら、なに？　あなたならお似合いだとでも言い張るつもりですか、川村さん。残念ながら、あなたみたいな女より、片倉社長は私のほうが好みなんですって！」

「……っ……！」

「大体、こんなところで私に絡む暇があるなら、あの男に直接言ってきなさいよ、暇人が。それともなに？　自分じゃ相手にしてもらえないからって、その憂《う》さ晴らしでもしてる訳？　はっ、くっだらない。そんなん本気で好きじゃない証拠よ！」

ぶちぎれた私は積もり積もった鬱憤《うっぷん》を晴らす。目の前の彼女の顔が徐々に紅潮《こうちょう》していく。

ああ、こんな性悪にも、羞恥心《しゅうちしん》はあるのかなどと、冷静な自分がいるのがやけに滑稽《こっけい》だ。

だが、こんなことで許してやるもんか。先に手を出してきたのはあんたの方だ。

「ねぇ、あんたが今したこと、犯罪だって、ちゃんとわかってるわよね？　私が訴えたら、あんた自分がどうなるか、ちゃんと理解してるよね？　まさか私がやられたら、やられっぱなしだとでも思った？」

「……なっ……」

その言葉に、怒りで真っ赤になった顔が、一瞬にして青くなる。

ようやく冷静になったらしい。

「私は言うわよ。社長にちゃんと、このこと報告するから。自分の身の振り方、考えたほうがいいんじゃない？　後ろのあんた達もね。全員の顔、ちゃんと覚えたから」

そこまで言ってから、切られて落ちた髪の毛をそのままに、大またでお手洗いから立ち去る。

まだ時間は七時前。今、会社を出れば、美容院だって開いているはずだ。

この髪の毛をどうにかしないと、明日会社に来られない。

急いで帰り支度をして、コートを羽織ろうとすると、ぐっと肩をつかまれた。

「……なにその頭」

「うげ……っ！」

お綺麗な顔を酷く歪《ゆが》ませ、いつもとは全く違う雰囲気をかもし出すその人に、今度は私の顔が青ざめた。

いや、これは不可抗力なんですけど！

12　美容室

冷や汗が背筋を伝い、言い訳を考えるべく脳内をフル回転をさせる。

肩に置かれた手に、徐々に力がこめられているのは気のせいか。

面倒なことになるのを避ける策はないものか。

……この人の表情を見る限り、ないっぽい。

「ねぇその髪の毛、どうしたのってば。確か願掛けしてるからまだ切れないって、そう言ってたよね？」

「や、あ、あの……そ、それが……。そ、そそそんなことより、なんでこんなところにいるんですか社長！」

視線を外しつつ、話を変えようとごまかそうとしたけれど、彼には通用しなかったようだ。

「もう帰ろうかなって思ったら、まだここの明かりがついてたから覗いただけ。それより、か・み・の・け。どうしたか聞いてるんだけど？　さっきから何回も」

「……」

うう。

別に言ってもいいんだけど、でも絶対なにかするよね、この人。

今の様子から察するに、なにをするのか容易に想像できてしまって、ちょっと怖いというか。

減俸《げんぽう》ならまだしも、懲戒解雇《ちょうかいかいこ》なんてことになったら後味悪すぎる。

「……麻生楓さん」

「……はい……」

「業務上起こった事故は、全てにおいて報告の義務があったと思うけど」

「……存じ上げております……」

「就業時間中に、美容院に行ってきたんじゃないなら、君のその不格好に切られた髪の毛の理由を調べなきゃいけない義務が俺にはある」

「……おっしゃるとおりです……」

「で？　原因は？」

「……秘書室の方と、言い争いになりまして……切られてしまいました」

「……」

観念して口にした言葉に、頭上から舌打ちが聞こえて首を竦《すく》める。

私、被害者のはずだよねぇ!?

「……名前は？　わかる？」

「……一人だけ……」

「そう、教えて」

「……川村、里香《りか》さんです……他の人はわかりません。顔は覚えてますけど」

「わかった」

「あっ、でも！　もうなにもしてこないと思います！」

被害者は私なのに、なぜか彼の方が辛そうな表情をしていて、思わず口走ってしまった。確証がある訳でもないのに。

「……楓はなんかしたの？」

「したっていうか……。犯罪だからとか、社長に報告するとか、言いました」

「……くっ！　それ十分威嚇《いかく》だよ！　強いなー楓。普通そんなことされたら怖くて言い返すこともできないんじゃないの？」

「なっ……！　言い返しますよ、そんなの！　やられっぱなしなんて私のガラじゃありません！」

私は悪くないはず、おかしくないはずなのに、なんで笑われるんだろうと思うものの、だんだん恥ずかしくなってきた。

なんでこんなに笑ってるの！　しかもうれしそうに！

私がしたのは、いたって当然の抵抗だ！

「だっ大体！　こんなことになったのは社長のせいですよ！　なんでこんな指輪くれたんですか！」

「こんな？」

バッとその指輪を彼の前に掲げる。

「これ！　すっごい貴重なものって聞きましたよ！　社長がいつか結婚する相手に贈るものだって！　それなら、たかが演技でこんな……んっ！」

「――それは、ここで言っちゃ駄目」

いきなり唇を塞《ふさ》がれたせいで、顔が真っ赤になる。

なんでそんな簡単にキスができるの、この人！

そりゃ、言っちゃいけないことを口走りそうになったのは、私ですけれど！

「続きは、家に帰ってから話そうか。ああ、でもその前に美容院かな。ほら行こう」

すっと自然な仕草で手をとられ、促《うなが》された。私はあたふたしてるのに、余裕な態度の彼に腹が立つ。

そりゃ、さぞかしおモテになるのでしょうし、キスの一回や二回や三回や四回、お手の物でしょうよ、でも私はあんたと違うのよ！　なんて、さすがに悔しすぎて言えないけれど。

彼の車に乗せられて、行き先も告げられずに発進した車内で、私はおとなしく座っている。

彼は耳にイヤホンをして、誰かと電話をしていた。

漏《も》れてくる会話から察するに、相手は私の髪の毛を切り揃えてくれる美容師さんっぽい。

「……さて、まずその髪の毛をどうにかしないとね。そのまま帰ったら蕾ちゃんと蓮君が驚くから」

「……はぁ。えっ、で、どこに行くんですか?」

「俺の友人に腕のいいやつがいるから、安心していいよ。変な奴だけどね」

「……ありがとうございます」

くくっと笑いながら言う彼に、私は首を傾《かし》げるだけ。

それからしばらく走った後、煌々《こうこう》と明かりの灯《とも》るお店の前で車は停まり、私は降りるよう促《うなが》された。

その後、彼も車から降りて、二人並んで店に入った。

並んで、というか、私はお店の豪華さに腰が引けていたのだけれど、彼に背中をぐいぐいと押されて店に入らされたのである。

出迎えてくれた店員さん達の笑顔に、「ども」と挨拶を返す。社長は辺りを見回して誰かを探しているようだった。

「あ、いた。おい！」

「あ、なんだ意外と早かったな」

「すぐ行くって言っといたろ」

こんな風に親しげに人と話す彼の姿はあまり見たことがなく、驚きで言葉が出てこない。

いつも人を食ったような話し方しかしないのに。

それに、二人が並んで話しているその光景が、たとえはちゃちだけれども、一枚の美しい絵画のようだった。

類は友を呼ぶというし、いい男の周りにはいい男が集まるのか。

そう、社長の友人は、社長に引けをとらないほどのいい男でした。

「――葵《あおい》、こちらが麻生楓さん。さっき話したろ」

「ああ、じゃあこの子が……」

「楓、こいつは俺の高校時代からの友人で飯山《いいやま》葵。今日はこいつに切ってもらうからね」

「あ、麻生です。よろしくお願いします」

「よろしくね。さて、これは随分《ずいぶん》ばらばらにされたもんだね。けど、まだ長さは残ってるから、アレンジはできるよ。どうする？」

笑顔で問われて、ちょっと考えた。

どうせ、もう願掛けも無意味になってしまったし、ばっさり切ってしまおうか。その方が楽だし、手入れも簡単だし。

「長さは極力変えないで。綺麗なのにもったいない」

「は？」

「なに、お前の趣味に合わせるの？　彼女の意見も聞いてやれよ」

「うるさいな、確かに短いのも可愛いとは思うけど、せっかく綺麗なのにもったいないだろ」

「もったいないねぇ」

いやあの、私の意思は。切ってもらうのは私のはずなのに、なんで当人を無視して話が進んでるんだろう。

男二人、ヘアカタログを見ながら熱心に話し込んでいて、私一人置いてけぼりである。

「ったく、注文だけは多いなー。このおぼっちゃんが」

「金は払うって言ってるだろ」

「え!?」

「え？　あぁ、俺が払うよ」

「え、あの、ちょっと意味がわからないんですけど？」

「俺が払うよって。おかしくもなんともないでしょう」

確かに、財布の中身はちょっと心配だけれども、あなたにそこまでして頂く理由がございません！

そう考えたのが顔に出ていたのか、彼がふっと笑って、私の頭を抱き寄せてきた。

「ちょっ……！」

「……好きな女の為に、なにかしたいって思うのは普通のことだよ、楓」

「はあああ!?」

囁かれたそのセリフに、驚きの声を上げてしまう。

意味がわからない。好きな女って誰だ。いやこの場合、私を指すんだろうけれど。

こっちは混乱の極《きわ》みにいるというのに、彼は面白そうに笑っている。

「――基本的に、あそこのマンション以外では、婚約者役を務めてね。誰がどこで見てるかわかんないし」

その一言に、ああなんだ、と腑《ふ》に落ちた。

なるほど、婚約者設定はご友人の前でも継続なのか。だからさっきのセリフも、恋人として、おかしくない訳だ。

「おーい、二人だけの世界に浸《ひた》るのは家に帰ってからにして、さっさとその髪の毛いじらせてくれない？　これ以上イチャイチャしてると、俺帰るよ」

「あっ、はいっ！」

「俺はこっちで待ってるから。行っておいで」

にっこりと笑う彼に、ああこれが世の中の恋人同士のあり方なんだろうかなんて、ちょっと思った。

でもちょっと演技が過剰な気がする。

とりあえず、お金を出してくれるというのだから、ここは意地張っていても仕方ない。彼に「行ってきます」とだけ答えて、大人しく飯山さんについていった。

カット中、ちらっと盗み見た彼はせわしなく、どこかに電話をしているようだった。

「……気になる？」

「うえ!?」

そちらばかりに意識が向いていたせいか、突然声をかけられて肩が跳ねた。

飯山さんはくすくす笑いながら「動かない」と肩を押さえてくる。

「いや、龍之介のこと、ちらちら見てるからさー。気になるのかなぁって思って」

「あ、いや別に、ちょっと、おか……いや、退屈じゃないのかなーって思って」

「ああ、あいつ、スマホとタブレット端末さえあればどこでも仕事してるし、別に気にしないでいいと思うよ」

「ああ、なるほど……」

「まあ意外ではあるけどね」

「え？」

カットが終わったのか、彼ははさみをしまった。そして今度はカラーリングの用意を始める。

別に染めてくれとは言ってないんだけど。まあいいか、どうせお金を出すのは社長だし。染め直したりするのが面倒で、今まで染めたことはないけれど、一度くらいはいいかもしれない。

それより、意外とはどういうことだろうか。私にはその言葉の意味がよく理解できなかったので、飯山さんに聞いてみた。

「意外ってどういうことですか？」

「あいつ、それなりに年いってるし、付き合ってきた女は大体知ってるけど、恋人にここまで手をかけてるのって、今まで見たことなかったよ。だから意外ってこと」

「あ、なるほど……って、え!?」

「え？」

驚いて振り向こうとした頭を「動かないの」と、また上から押さえつけられた。

「いやあの……付き合う人に手をかけるって……さっき社長はそれが普通だって言ってましたけど……」

「『本気で付き合う人』には、ってことなんじゃない？　その指輪は本気の証」

「……これ、そんなに有名なんですか？」

「有名かどうかは知らないけど、俺はあいつから直接見せられたことあるからさ。いつだったか『ただ一人、心から愛した人にあげる為に作った』とかなんとか言ってたし。今日、君が指にはめてるのを見て、ああ、あいつもようやく落ち着く気になったのかーって思った」

「……っ……」

彼の長年の友人だという飯山さんの言葉を、どう受け止めればいいのか。

婚約者ごっこをしようと言い始めたのは彼だ。だから、この指輪だって小道具に過ぎないのに、なんでそんな大事なものをくれたんだろう。

しかも、なぜだかこの指輪は私の指にぴったりだった。

本当、彼の考えてることってわからない。

「ま、あの年になって色々考えることあったんじゃないかなー。仲間内で独身なの、もうあいつだけだしね」

「そうなんですか……」

それから手早くカラーリング剤を髪の毛に塗りこまれ、軽くパーマを当てられて、「はい、できた」と声をかけられたのは、夜の十一時を少し過ぎたころだった。

帰りの車中で、そんなに大事な指輪なら私がつける訳にはいかないと、社長に切り出そうと思ったのだけど、結局言えずじまい。指輪は私の指に収まったままだ。

13　涙

「……え、かえちゃん。その頭どうしたの……」

「ええええ……」

「……いやちょっと、事情があってね……それよりごめんね、昨日遅くなって。ご飯ちゃんと食べた？」

翌朝、短くなった私の髪を見て、玄関で驚きの表情のまま動けないでいる弟妹に、取り繕《つくろ》った笑みを浮かべて、私は二人を部屋に上げた。

昨夜は社長が出来合いのものでいいというので、申し訳ないがお弁当を買ってそれを食べてもらった。

背中で揺れる、軽くパーマのかかった髪型は、今までにしたことがないもので、まだ慣れない。

これなら毎日髪をひっつめる必要はない。もちろん、今までみたいにまとめることもできるけれど、そうするとパーマが取れてしまうのが早くなるそうだ。

社長がこの髪型がいいと言ったらしいけれど、果たして似合っているのだろうか。自分では判断がつかない。食卓についた二人は、なおもなにか言いたそうにしている。

「お仕事だったんだから、別にいいけどさー……」

「ところで、かえちゃんその頭、似合ってるけど、なんでまた急に切ったの？　あんなに大事にしてたのに」

「だから事情があったんだってば。いいから早く食べちゃいなさい」

不思議そうな顔をしている二人に朝食を食べるように促《うなが》して、自分は片付けに専念する。

出社時間まで余裕がないから、急いでやらねば片付かないのだ。

それを感じ取ったのか、二人は慌ててご飯をかきこみ始めた。

「……じゃあ、俺、先に行くよ」

「あ、はい、いってらっしゃい」

社長は今日は早朝役員会議があるらしく、早く出社することになった。彼は今、もう玄関で靴を履いている。私はただの平社員だから、いつも通りの時刻に出る。ちなみに、いつもは同じ時間に出るが、彼と一緒に出社したのはあの一度だけだ。以降は丁重にお断りしている。今となってはおそらく見せびらかす為だったのだと思うけど。

「あっ！　俺も！　俺も出ます！」

「うん？」

「今日は朝礼があるから、早く行かないといけないんです。じゃあね、かえちゃん、蕾！」

「え、ちょ、あんたなにも言ってなかったじゃない、ちょっと蓮！」

彼の後を追いかけるようにどたばたと家を出る弟の姿を、妹と二人で呆然《ぼうぜん》と見送って、首を傾《かし》げた。

「……珍しいねぇ、蓮があんな風に急ぐなんて」

「蓮にも色々あるんじゃないかなぁ？　なにしろお年頃だしさー」

「ふーん……」

ゆっくりと髪の毛を結んでいる蕾の様子に苦笑が漏《も》れる。

妹もそろそろ家を出なければいけない時間だろう。それなのに、こんな風にどこかのんびりしているところは母似だ。

そんな能天気なことを考えて、はっと気がつく。時間がやばいのは自分もだ。

私は止まっていた手を急いで動かして、なんとかいつもの時間には全ての準備を整えた。

＊＊＊

「――で？　なにかあった？」

家を出た直後、声をかけてきた楓の弟とともに、俺はいつもの送迎車に乗っている。

身体を強張らせて隣に座っている少年に声をかけると、面白いほどその肩が跳ねた。

彼は車に乗り込むとき「こんな高そうな車に乗れない」とためらっていたから、おそらく緊張しているのだろう。

ただ乗っているだけなのだから、そこまで固くならなくてもいいだろうにと思ったが、彼はまだ高校生だ。

「急に、俺と一緒に出るなんて言われたら、さすがになんか話したいことでもあるのかなって気がつくよ、蓮君」

「あ……で、ですよね……すみません……」

「いや、俺は別にかまわないよ。ちょうど聞きたいこともあったしね」

「……あの、聞きたいことってなんですか？」

彼の様子を窺《うかが》っていると、なにかを決意したような瞳をしている。その横顔は少し幼くは見えるものの、立派な男に見えた。

「……楓は髪の毛になにかの願掛けをして、伸ばしてたみたいなんだけど、それ、なんだか知ってる？」

「……願掛け？　それかえちゃ……楓姉さんが言ってたんですか？」

「かえちゃんでいいよ。その方が呼びやすいんでしょう。願掛けのこと、知らないならいいんだけどね」

昨日の夜、会社で切羽詰まった様子で荷物をまとめていた彼女の後ろ姿が、頭に焼きついて離れない。

ばらばらに髪を切られた後ろ姿だけを見ても、どんな状況で切られたかは一目瞭然《いちもくりょうぜん》だった。

犯人の特定などたやすい。だが、彼女は面倒なことになるのが嫌だから、なにかするのはやめて欲しいと言う。

最初は関わった者達をすぐさま懲戒解雇《ちょうかいかいこ》にしてやろうと思ったけれど、彼女の言葉を聞いて迷った。

「あ！」

「ん？」

「願掛けかどうかはわからないんですけど、前に、かえちゃんが桜ちゃんに謝りたいって一人で泣いてるの、見たことあります」

「……謝りたい？　桜ちゃん？」

「あ、姉です。一番上の」

「……へえ、お姉さんに……なんで？　あ、そこまでは聞いてない？」

痛々しく歪《ゆが》む彼の表情に、少し申し訳なくなるけれど、いかんせん、今の自分の手持ちのカードでは心もとなさ過ぎる。巻き込んだ以上、彼女の事情を全て知らなければ。できることがあるなら、力になりたい。

「……詳しい話はできないんですけど。多分……かえちゃんは、桜ちゃんが入院したの自分のせいだって思ってるみたいなんです」

「……なにかしたの？　楓は」

「俺や、蕾とか桜ちゃんは、かえちゃんに非《ひ》はないってわかってるんですけどね。……これ以上は、俺の口からは言えないです。でも、片倉さんは全部知ってるって言ってましたよね？」

「……あぁ、うん。でも、君の話を聞いていると、知らないこともあるみたいだ」

「……なら、かえちゃんから直接聞いたほうがいいです。多分今、かえちゃんが素直に甘えられる人って片倉さんだけだと思うから。俺や蕾じゃ、まだ頼りにならないし」

――この弟も、姉に似て優しい心の持ち主なのだろう。いまだに悩み続けている姉の為になにかしたい、そう思って俺に話したんだ。

　俺を、彼女の恋人だと思い込んでるから。

「……そんなことないと思うよ。きょうだいなんだから」

「きょうだいでも、力になれないこともあります。かえちゃんが悩んでるのはわかってるのに、俺や蕾じゃ、どうやったらかえちゃんの心が軽くなるのかわかんないから。ただ……かえちゃん、あのとき以来、俺達の前で泣かなくなったから、無理してるんじゃないかなーって、ちょっと心配で」

「そっか」

　彼女に似たその少年の頭をなでてやると、彼は一瞬驚いた顔をしたものの、すぐに微笑んだ。

　もっと事実を調べたほうがよさそうだ。だが、彼女が自分一人で抱え込んでいるなら、そう簡単には口を割《わ》らないだろう。それを無理やり話させては、彼女の誇りも傷つけてしまう。

　だが。彼女は当初想像していたよりもずっと、しっかり自分の足で立っていた。本当は脆《もろ》いはずなのに……

　なぜ俺は、こんなに強い想いを彼女に抱くのだろう。

　自分の中に渦巻く感情の正体がわからない。

だが今は、これ以上追及してはいけない。追及したところでなにも変わらない。今自分がやるべきことは――

車が静かに停まった。運転手にドアを開けられるのに慣れていないのか、少年は戸惑いつつ、車を降りた。

「じゃあ、勉強がんばって」

「あ、あの、ありがとうございました！」

学校の門の前で彼を降ろし、会社に向かう。その道中、電話を取り出し、ある番号を呼び出した。

「――あぁ、俺。で？　調べはついた？」

電話の向こうから聞こえた言葉に、自然と口元が緩んだ。これで色々やりやすくなる。どうやら、うまいこと自滅《じめつ》してくれたらしい。

あいつはまだ出てこないだろうが、もう詰めの段階だ。

いつもの俺なら失敗するはずなどないが、今回の計画には一つだけ懸念《けねん》がある。それは、俺が彼女を守りたいと強く思いすぎていること――

思えば、あの指輪をもち出した段階で、すでに手遅れかもしれない。彼女があの指輪をはめてくれているのを見て、喜んでいる場合じゃなかった。

「……まだまだ若いな、俺も」

呟いた言葉に、思わず苦笑が漏《も》れた。

重ねた年だけを考えれば、もう若くない。

なのに、この思春期のような気持ちはなんだろう。

14　声

会社に着くと、社内報などが張り出される掲示板の前に人だかりができていた。私もその人だかりに加わり、辞令を確認して目を見開いた。

秘書室の人間が異動になるというたったそれだけのことなのに、これほどの騒ぎになるのは、そこに秘書室副室長である川村里香さんの名が含まれているからだろう。

おまけに、地方支社への転勤とは、これいかに。

この辞令を下した人の顔を思い浮かべて、ため息が零《こぼ》れた。

どうにも後味が悪いっていうか、いや別に、いい子ちゃんになりたい訳ではないんだけれど。

まぁ、あの人は会社の経営者で、社内にあんな物騒なことをする人間がいるっていうのは困った事態なのだろうし。

でも、なぁ。これでまた、いらん怒りを買わなければいいのだけれど、ともう一つため息をついて、その場から離れる。

今さら私がなにを言ったところで、この辞令は覆《くつがえ》らないんだろうし。

それならそれで割《わ》り切ろう。

肩で揺れる髪の毛を一房つかみ、じっと見つめる。

もう願掛けも無意味だ。いや、ポジティブに考えれば、切られたってことは、もうそろそろ願いが叶うってことなのかも。

眉間に皺をよせて考え込んでいると、いきなり肩をたたかれて、心底驚いた。

「あ、やっぱり麻生さんだ。髪の毛を下ろしてるから一瞬わかんなかったわー。すっごい可愛いね。あ、ちょっと切ったの？　それと染めた？」

「あ、はい……」

朝からにこにこと笑顔を向けてくる永峯さんに戸惑いつつも、頷《うなず》く。

「へー！　いいじゃん、似合ってる似合ってる。パーマも可愛いし！」

「本当ですか？」

「嘘言ってどうするのー」

ははと笑う彼女と一緒にエレベーターに乗り込んだ。

三基あるとはいっても、多岐《たき》にわたる部署があるこの会社の社員数は相当なものだから、朝の時間帯、エレベーターはものすごく混む。すぐに埋まった箱は、ゆっくりと上昇し始めた。

「麻生さん、きっと営業先でモテモテだよー。こりゃ社長も気が気じゃなくなるんじゃないかなぁ？」

「はは……いやいやまさか……」

多分、その状況を面白がりはしても、気が気じゃなくなる訳がない。

「いやいや、飄々《ひょうひょう》としてるけど、内心は穏やかじゃないんじゃなーい？」

本当に楽しそうに言う彼女に、まさかと思う。

フロアにエレベーターが到着して、ドアが開くと同時に歩き始めた時、また永峯さんが急に笑い始めて、私は首を傾《かし》げた。

「なんですか？」

「いや、気がつかないのかなーって思って。麻生さん、さっきから男性社員の視線を釘付けにしてるのに」

「……はあ？」

「あははは！　本当に面白いね。ね、その髪型は社長の好みなの？」

「好み……っていうか……うーん、多分、そうなんだとは思いますけど……」

「へー、なるほどねー。だからかー」

「なにがですか？」

「いやいや、いい男ってのは、いい女も見分けられるんだなーって、しみじみ思ってさ」

永峯さんはしししと笑うけれども、私は混乱するばかりだ。少なくとも、私はいい女には分類されないだろう。

「それより、永峯さん見ました？　辞令」

「あうん見た見た。ま、仕方ないんじゃないのー？　あの人も色々やってたみたいだし。自業自得よ。膿《うみ》は早く出したほうがいいしね」

「色々？」

「うん。川村さんについては、結構黒い噂もあったから」

「黒い噂？」

「麻生さんは入って間もないから、知らなくて当然だけど。ま、色々ね。社長もなんとかしたかったんじゃないのかなー」

「……そうなんですか……」

じゃあ今回の事件は、彼にとっては好機になったのだろうか。まぁ契約の件もあるし、お役に立てたのならよかったけれど。

そんなことより、黒い噂っていったいなんだろう。考えを巡らせていたら、携帯が急に震え出した。

「麻生さん？」

「あっ、いえ、なんでもないです。すみません」

携帯のディスプレイに表示された名前を見て思考が停止した。

なんで？

どうして、今頃。疑問符が頭いっぱいに並ぶ。

メールの送信者の名前は出ていない。

だから、本来なら誰だかわからないはずなのに、私はその文面から相手がすぐにわかってしまった。

わかりたくなんか、なかったのに。

手から始まった震えはすぐに全身を駆け巡る。隣を歩く永峯さんが心配そうに声をかけてきてくれた。けれど、正直それどころじゃない。

どうしよう、どうしたらいいの。

もう、誰にも傷ついてほしくなんかないのに。

私にはまだ、誰かを守れるほどの力なんかない。

――久しぶりだな楓。今さらだけど、また今度どっかで会おうぜ。できれば、お前とまた友達に戻りたい。謝って許されるようなことじゃないってわかってるけど、お前に嫌われるのはしんどいんだ――

今さら、どの面下《つら》げて、そう思うのに、全身を巡る怒りが考えることを拒絶した。

「――なんか、あったの、これ」

「あー、しゃちょうだぁ、おかえりなさーい」

その日の退社後、私は馬鹿みたいにお酒を買い込んでリビングで飲んでいた。

あ、だめだ。私、今ろれつが回ってない。

恥ずかしい気持ちはあったけれど、「馬鹿じゃねぇの」って思われるくらい、我を忘れたかった。

「いま、ごはんのしたくしゅるので着替えてきてくだしゃいねー」

「いや……飯は別に、いいんだけど……。それよりどうしたの、あんまり酒飲むほうじゃなかったよね」

リビングのローテーブルの周りに転がった空き缶を拾う彼の姿があまりに似合っていなくて、爆笑する。

そんな私の姿を見てため息をつく彼には、気がつかないフリをした。

とりあえず夕飯の支度をしようと思って立ち上がる。けれど、すぐさま腕をとられ、ソファまで行って彼の隣に座らせられる。

むう、ご飯を作ろうとしたのに！

不満たらたらの顔を彼に向けて、再び立ち上がろうとしたら、今度は腰をつかまれて、動けなくなった。

「しゃちょう！　私だって、お仕事に対するせきにんかんぐらいあるんですよ！」

「飯はいいよ、それよりどうしたの？　なにがあったの？」

「なにもないですよ！　ご飯食べないと、身体壊しちゃうんですよ、しゃちょうしってます!?」

「俺の体調の心配してくれるのはいいけど、まずなにがあったのか聞かせてほしいんだけどなぁ。楓が飲んだくれてるなんて、ただ事じゃないよね。蕾ちゃんと蓮君に心配かけるよ。いいの？　それでも」

「……うるさいなあ……。どうせ、しゃちょうにいったって、わかんらいもん！」

「わかるかわかんないかは話してみないとわかんなくない？　ものは試しで言ってみてもいいと思うんだけど」

「……わかんらいよ、わかるわけらい……」

「……楓？」

自分でもさっきまでの勢いが失われていくのがわかる。

呼び起こされた記憶を忘れようとしてヤケ酒とか、私も大概な女だ。挙句の果てに、雇い主にまで心配をかけて。いつまで経っても成長できてない。

「……しゃちょう、男の人って、裏切ったくせに、しかも相手がうらんでるってわかってるくせに、なんのためらいもなくメールできるものらんれすか」

「は？」

「……私がどれだけ泣いたかも知らいで、なんで、また、会おうとか、いえるんですか……」

その言葉だけで、彼はなにがあったのか察したらしい。腰を抱く手に、力が込められた気がした。

「……それ、良太から来たのかな？」

「……あさ、とどいたんれす。また会おう、また前みたいに付き合おうって、また友達に戻ろうって。自分が……私にっ、桜ちゃんにっ、なにしたのか忘れたっていうの……!?」

心に巣食う苦い記憶。泣き続けたあの日々を、私は今でも忘れていない。

桜ちゃんだって、いまだにあの日から変われないでいる。

たった一人の男に、姉妹そろって振り回された、あの忌《い》まわしい出来事に今でもとらわれている。

私はあの男を許さない、絶対に。

そして同時に、あの男を一時でも信用した自分をひどく嫌っている。

「……楓が辛いなら黙っていいよ。でも、もし、自分の中に溜めておくことが苦しいなら、俺に話してくれない？」

「……っ……」

やさしい声とともに、ぎゅっと身体を抱きしめられて、私も抱きしめ返す。

弱った心が、救いを求めているんだと、気がついた。

15　理由

あいつは同じ会社の同期だった。

大学卒業後、私が入社した会社はそこそこの知名度がある、それなりの優良企業。

これから、姉の為に、弟妹の為にがんばっていこう、そう決意していたのだけど、初めての環境でどこか浮かれていたのは否めない。まだ若かったし、私は世間を知らなすぎた。

「……へー、親いねぇの?」

「なんか悪い? きょうだいがいるし、別になんの不自由もしてないけど」

研修期間の休憩中、あいつを含む数人で昼食をとっていたときに、家族の話をした。

上品な雰囲気を漂わせている男に、思わず棘《とげ》のある声で返した。

「そんなこと言ってねぇじゃん。お前、強いのな」

「はあ?」

一緒に食事をとっていた同期の仲間はハラハラした様子で私達のやりとりを見守っていた。

だが、目の前の男はなんら気にしていないようだった。

今まで「えらいね」とか「かわいそう」とか言われたことは多々あったけれど、こんな風に言われたのは初めてだった。

別に私は強い訳ではない。というより自分は弱いと思っていた。

それなのに、あいつだけは違った。哀れみの視線を向けられなかったのが心地よかった。

それから二人でつるむようになるまでに、時間はかからなかった。

付き合っていた訳ではないけれど、互いの家を行き来するようにもなった。

けれど、部屋に二人きりでいてもそういう空気になったことはなかった。

そんな風に、時間は過ぎ、ある日、私の実家に二人で立ち寄ることになった。

あの判断を、私は今でも後悔してる。

「桜ちゃんただいまー。あ、こいつ友達の片倉良太、同じ会社の同期！」

「はじめまして」

「おかえり、楓」

玄関先で礼儀正しく頭を下げた良太に、桜ちゃんはただただ驚いていた。私の彼氏だと勘違いしたらしい。

確かに、今まで男の気配すらなかった妹が、いきなり実家に男を連れてくれば、びっくりするだろう。

おまけに良太は顔が整っていたから、そのことにも驚いていたと思う。

良太は人懐こい性格で、桜ちゃんともあっという間に打ち解けた。私はちょっとだけ、本当にちょっとだけ、心がもやっとしたけど、特になにも言わなかった。

そんなことがあった数日後。私は実家の前で桜ちゃんが良太と仲よさそうに肩を寄せ合っている姿を目撃した。

桜ちゃんと良太が付き合い始めたのだろうと思った瞬間、頭が真っ白になった。あまりのショックに、あとからあとから涙が溢れる。

しばらく呆然《ぼうぜん》と立ち尽くし、少しずつ気持ちが落ち着いてきたら、今度は言いようのない悲しさに襲われた。私はたまらず、その場から離れようと走り出した。

けれど、数メートル先で人にぶつかり、足を止める。涙で濡れた顔を上げると、蕾と蓮だった。二人は私の顔を見て、驚いてなにか言いかけていたけれど、私は構わず再び駆け出した。

それからしばらく、実家には帰れなかった。

桜ちゃんの顔を、まともに見れなかったから。

もちろん同様に、良太の顔も見たくなかった。

そんな私が全てを知ったのは、蓮が私のマンションに一人訪ねてきたときだ。

「……どうしたの？」

「……かえちゃん……俺……俺もう、どうしていいか、わか……っ……わかんなくて……！」

「ちょ……蓮？　どうしたの、なにがあったの!?」

私の顔を見るなり、玄関先でいきなりぼろぼろと泣き出した弟を、部屋の中に入れてなだめるように頭をなでた。

それでも泣きやまなくて、もう中学三年生になったのに、どうしたんだろうと思った。

「……かえちゃん、かえちゃんお願いだから、帰ってきて。桜ちゃんを助けてあげて」

「……桜ちゃん？　桜ちゃんのことは私……」

「そんなこと言わないで！　桜ちゃん、あのままだと、壊れちゃうよ！　全部あいつのせいなのに！　桜ちゃんはかえちゃんにはなにも言うなって……！」

「……どういうこと？」

「桜ちゃんは、隠してたんだ。最後までずっと！　桜ちゃんはかえちゃんを守ろうとして……！」

「……え……」

「あんなクズ、かえちゃんに似合わないよ！　警察に突き出されたっておかしくないやつなのに！」

涙を流しつつ、そう叫んだ蓮を見て、私はあのときの事情をなにも知らないのだということに、やっと気がついた。

私には桜ちゃんを避ける資格なんてない。

好きな人が姉に好意をもったとかいって、傷ついている場合じゃないんだと。

ひとしきり泣き、少し落ち着いた蓮から、私はあの日の真相を聞いた。

私が泣きながら走り去った後、蕾と蓮はひとまず家に入ったらしい。

すると、いつもなら桜ちゃんが帰宅しているはずの時間なのに、家の明かりはついておらず、二人が訝《いぶか》しんで家に上がると、リビングで姉の姿を見つけた。

桜ちゃんは良太に馬乗りにされて、服を引き裂かれていた。それがなにを意味するのか瞬時に悟った蓮が良太を突き飛ばして、蕾が桜ちゃんの身体を守るように抱きしめた。

そのとき逃げる訳でもなく、弁解する訳でもなく、ただ奇妙な微笑を浮かべた良太に、恐怖すら感じたという。

しばらく呆然《ぼうぜん》としていたが、ほどなく我に返った蓮が良太に殴りかかろうとすると、桜ちゃんに止められたそうだ。

なぜかばうのか、蕾も蓮もわからなかった。そんな弟妹の横で笑ったまま、「またね、お姉ちゃん」と冷たい声で男が言って立ち去るまで、蓮も蕾も、桜ちゃんも、動けなかった。

頭の中は疑問で埋め尽くされていたけど、二人はなにもできなかった。

その後、桜ちゃんは「楓の友達に乱暴されそうになったと知られて、傷つけたくないから、楓には言うな」と二人に言い聞かせたのだという。

蓮は腑《ふ》に落ちない気持ちながらも、桜ちゃんの鬼気《きき》迫る様子を見て、おとなしく従おうと決めた。

せめて警察へ知らせようと蕾が言っても、桜ちゃんは首を縦に振らず「大丈夫だから」、「楓のことは自分が守るから」と繰り返していたらしい。

私が良太の同期で、桜ちゃんと引き合わせたりしなければ、こんなことにはならなかったはずだ。

この不幸を呼び寄せた私を、桜ちゃんはどうしてこんな風に守ってくれるのだろう。

よく考えれば、桜ちゃんは私の良太への想いなんて知らなかっただろうから、桜ちゃんを避けるなんてお門違《かどちが》いだった。つまらないヤキモチを焼いていた自分が恥ずかしい。

蓮の話を聞き、私の良太への恋心は一気に消え失せた。そして生まれたのは、あいつへの憎しみだった。


一通り話し終えると、蓮は泣きつかれて寝てしまった。

その後、良太はしばらくの間、毎日のように家を訪れ、玄関先で桜ちゃんになにか言い続けていたという。

なにもできないまま弟妹は苦しんで、良太に追い詰められて、精神的に限界だった桜ちゃんはついに倒れて病院に運び込まれた。

そんなことがあったのも知らずに、私はなにをしていたんだろう。

私一人、なにも知らないままだった。悔しくて、涙が零《こぼ》れた。

「……桜ちゃん……っ……桜ちゃん、ごめんね……っ。ごめんなさい……っ！」

私に泣く資格なんかないのに、溢れ出た涙は止まらなかった。

なにが社会人、なにが自立よ、助けられてばかりじゃないの。

おまけに、最低な男まで引き込んで……馬鹿みたい。

桜ちゃんも、こんな馬鹿な妹を守らなくてもよかったのに。

甘ったれの私が痛い目を見ればよかったのに。

泣き続けたせいで私の眼の周りは、翌日真っ赤に腫《は》れていた。

会社を休む訳にはいかない。眠る蓮の頭をなでて、メモを残し、朝早く家を出た。

そしてその日、感情のまま、顔を合わせるなり、あいつの顔をぶん殴った。

「あんた、なにがしたかったのよ！　なんで！　なんで桜ちゃんなの！」

「……お前には関係ないことだ」

「関係ある！　桜ちゃんは私の家族なのよ……！　誰でもいいなら、私にすればよかったじゃない!!」

「お前じゃ意味ねぇんだよ」

今まで見たこともないような顔で笑ったその男に、初めて殺意が湧いた。

なにがとか、なんでとか、考えたのは一瞬のこと。再びそいつを殴ったところで、周りの社員に取り押さえられた。

こんなやつ殴られたって仕方ないのに、なんで止めるの。そう思ったけれど、事情を知らない人間からすれば、私がいきなりあいつを殴ったようにしか見えなかっただろう。

釈明《しゃくめい》の機会を与えられたところで、話せるはずもない。

私は暴力行為を公《おおやけ》にしないことを条件に、会社を去ることになった。

その後、手続きと引き継ぎの為に数日出社し、私は退職した。それからしばらく経った頃、ようやく決心がついたところで、桜ちゃんが入院する病院へ向かった。

「――桜ちゃん」

「……楓……っ！」

「ああっ、起きなくていいよ、寝てて。まだ、身体が本調子じゃないんでしょう？」

勇気を出して病室を訪れた私を、桜ちゃんは快く迎えてくれた。

ぐったりとベッドに横たわっていた桜ちゃんが身体を起こそうとしたので、私は慌てて止める。

「そんな辛そうな顔しないで。私はもう大丈夫だから」

そう言うと、ぼろぼろと姉が泣き出した。そういえばこんな風に桜ちゃんが泣いている姿なんて見たことがない。ここまで追い詰めたのは私だ。

桜ちゃんの手を握って、「ごめんね」と口にする。

「……私、がんばるから。がんばるから、桜ちゃんは気にしないで。身体が治るまでゆっくり休んで。早く治して。ね？」

「……楓……」

「大丈夫だよ、桜ちゃん。私、強いんだから！」

「……ごめんね、楓、ごめんね……っ！」

「違うよ、謝らなきゃいけないのは私の方だよ、桜ちゃん。泣かないで、桜ちゃんはなにも悪くないんだよ。ごめんね、ごめんね桜ちゃん」

「……っ……っ……！」

か細く震える肩を見て、私は、なにがなんでも、あいつに絶対に土下座させてやると心に誓った。

最近では、表面上は元気な顔を見せてくれるようになった姉だけど、私が再就職した今もまだ、退院できずにいる。

医者によれば、精神的なストレスが大きすぎて、胃のほうにも影響が出ているらしい。おまけに暴行未遂をされたときのショックが強すぎて、経過もあまりよくないという。身体の傷は消えたが、心の傷は、きょうだい全員の胸に残ったままだ。桜ちゃんは今でも、私に謝ることがある。桜ちゃんが謝る必要なんて、微塵《みじん》もないのに。

長年心に抱えていた苦しい思いを社長に一通り話し、私はため息をつく。すると、彼はやさしい声をかけてくれた。

「――楓、もう、泣いていいよ」

「……？」

「このリビングには俺しかいない。蕾ちゃんや蓮君はもう寝てるし、こっちにはもう来ないから。泣いていいよ、もう我慢しないでいい。ほら」

「……社長……」

「一人で、よくがんばったね。えらいよ、楓。」

「……え、らくなんか……ない……っ！　私のせいでっ……私のせいで、桜ちゃんは今も入院してるのに……っ！」

抱きしめられて、頭をなでられて、我慢していた涙が、堰《せき》を切ったようにぼろぼろと零《こぼ》れ出す。

それは彼のワイシャツを濡らしていったけれど、彼はことさら私の身体をぎゅっと強く抱きしめてきた。

「楓は悪くないよ。仕方なかったことだよ。悪いのは全部良太だ。楓が気に病む必要なんかない」

「でも……っ！　私が……っ、私があんな奴……好きになったりなんか、しなかったら……！」

「過去のことを悔《く》やんでもきりがない。いきなりそいつがどういうやつかなんて、見破る方が難しいでしょう。だから気にしなくていいんだよ、楓は悪くないんだから」

「大丈夫だよ。話してくれて、ありがとう。——後は、俺が代わるから」

「……っ……！」

「……社長……っ」

彼の背中に腕を回して、シャツをぎゅっと握りしめた。

正直、彼がなにを代わってくれるのか、全くわからなかったけれど、心は軽くなった気がした。

16　お礼

起きたら、自分の部屋のベッドの上だった。服は昨日のまま。時計を見て、血の気が引いた。

完全に遅刻だ、それもしゃれにならないほどの。

慌てて部屋を飛び出して、リビングに駆け込むと、テーブルの上にメモが一枚あった。

その文面を読んで、身体中の力が抜けた。

「……『今日は休んでいいよ』って……せめて起こしてくれてもいいんじゃないかな……」

気遣ってくれたのはうれしいけれど、さすがにちょっと甘いんじゃないかなあ。

いや確かに、単なる飲みすぎではないんだけど。

とにかく、あれほど泣いたのは久しぶりだった。

自分を抱きしめる腕が優しくて、頭をなでる掌《てのひら》が温《あたた》かくて、いくら弱っていたからといっても、恥ずかしいことをしてしまった。

あんな風に言っても社長は困るだけなのに、昨日の私はどうかしてた。

はぁ、とため息をついて立ち上がる。休みをくれたとはいえ、この家の仕事までサボる訳にはいかない。むしろ、昨日のお礼を含めて、いつも以上に念入りにやらなければ。

そういえば、今朝、私が起きてこないことについて、彼は蕾と蓮にはなんて伝えたんだろう。妙な伝え方してなきゃいいんだけどなぁ。

人をからかって遊んでる節《ふし》がある彼に、若干いやな予感がする。

でもまあ、考えていても仕方ない。気を取り直した私は、休みをくれたんだから、夕食は豪華にしようと腕まくりをする。

そういえば、弟妹が越してきてから、四人で食卓を囲んでいることについて、彼はどう思っているのだろう。

夕食に弟妹が一緒なのは申し訳ない気もするけれど、彼も妹達と一緒に食べるのはいやではないみたいだから、まあいいのだろう。

わが妹達は人懐こいし、可愛いから、気に入ってもらえたのかな。

そんな風にきょうだいのことを考えていたら、早く、桜ちゃんとも一緒にご飯を食べられるようになればいいのに、と思ったが、それはまだ高望み過ぎるだろう。

頭を振って、キッチンに向かい、包丁を握った。

今は、仕事に集中しよう。

＊　＊　＊

楓に書き置きを残して出社した俺は、朝、家を出たときから今日は早く帰ろうと決めていた。

いつもより早い時間に玄関を開けると、予想通り、リビングから楓と、その弟妹の声が聞こえてきて、思わず笑みが零《こぼ》れる。

「……」

「あっ、片倉さんおかえりなさい！」

「……ただいま、蕾ちゃん。楓は？」

満面の笑みを浮かべて、パタパタと駆け寄ってきた彼女の頭をなでると、うれしそうな顔をされて、少しむずがゆい。

鞄をもつというので手渡すと、「かえちゃんならキッチンにいますよ」と返して、またパタパタと足音をさせて俺の鞄を書斎の入り口までもっていった。

入ってはいけないと彼女から言われてるからだろう。ドアを少し開いて鞄を入れ、すぐにドアを閉じる。

そんな彼女と一緒にキッチンへ向かう。すると食卓には豪華な食事が並んでいた。その光景に、昨日とは別の意味で首を傾《かし》げる。

今日はなにか祝い事でもあるんだろうか。

俺はキッチンにいる楓の方へ向かうと彼女は髪を一つにまとめて後片付けをしている所だった。

「……楓？」

「あっ……おっおかえりなさい……！」

「片倉さん、おかえりなさい」

「ただいま蓮君。楓、今日なんかあったの？　すごいご馳走なんだけど」

「あ、いや、あの……」

彼女の手伝いをしていた彼は空気を察してか、すぐにキッチンから出て行った。思いがけず二人きりになる。

耳を赤く染めて、俯《うつむ》いたまま、もごもごと言う彼女に近づくと、肩が跳ねる。

こんなに警戒されるようなこと、なにかしただろうか。

いや、ただ単に話を聞いただけだ。

もしや昨日のことについて、我に返って恥ずかしくなったとか？

「――楓？」

「……あの……昨日……ご迷惑、かけたから……っ。だから、あの、少しでも、お礼できればいいなとか、思ったんですけど……。作ってから、これ、社長のお金で買ったから、社長へのお礼になってないよなあって……今、気がついて……その……」

「お礼？」

「あの、だから、その……話、聞いてくれて……ありがとうございました」

頭を下げる彼女の姿に、ようやく疑問が解けた。

そのままなかったことにしてしまえばいいものを。

なんの返事もしない俺に不安になったのか、上目遣いでこちらを窺《うかが》ってくる様子にふっと笑みが零《こぼ》れる。

不器用なんだろうなぁ、色々。それがわかるだけに、面白くて仕方がない。目の前の女の子が、酷く可愛く見えて、ついからかいたくなる。

「別に気にしなくてもいいのに。それにほら、どうしてもお礼したいって言うなら、食事よりも、もっといいお礼の仕方があるの、知らない？」

「は？」

不思議そうに立ち尽くしている彼女の腰を引き寄せて、顎《あご》を捕らえると、さすがになにをされるか感づいたのか、彼女はいつものように暴《あば》れ始めた。その隙にやわらかくて甘い唇を奪う。

真っ赤になって動きを止めた彼女の耳に、とびきり甘い声色で言ってやった。

「楓が俺に、好きって言ってキスしてくれたら、俺はそれだけでうれしいんだけど？」

「ばっばっばば馬鹿じゃないの!!　なんで私がっ……!!」

「顔、真っ赤だよ」

「社長が変なことするからじゃないですか!!　もう、人のことからかって遊ばないでください!!」

「やだよ。だって楓は今、俺のおもちゃでしょう？　お気に入りのおもちゃは大事にするし、可愛がるよ、俺」

「誰がおもちゃだ!!　ふざけんな!!」

赤い顔のままそう抗議してくる女の子は、心が温《あたた》かくて、可愛くて、汚れた自分を癒《いや》してくれる。

彼女の温かさに、俺が縋《すが》っているなど思いもよらないんだろう。

同時に彼女には、後ろめたさも感じているのだが、それは今は考えたくない。

「……楓、お腹減った」

「だったら、くだらないこと言ってないで、早く着替えてきてくださいよ!!」

「わかったー。着替えてくる」

頭をなでて手を離す。ものすごい速さで自分と距離をとった彼女が面白くて仕方ない。

本当に俺は、年甲斐《としがい》もなく、なにしてるんだか。

「ああそうだ、良太の件。あれね、楓はなにも心配しなくていいから」

「え?」

「後は俺が代わるって言ったでしょう? なにもしなくていいよ」

「え、ちょ、社長?」

「桜さん? だっけ、今度お姉さんのお見舞い、俺もついてくから」

「社長ちょっと、あの、意味がよくわかんないんですけど……!」

「心配いらないよ。願掛けしてたこと、叶うから。じゃあ着替えてくるね」

戸惑う楓をよそに、俺は上機嫌で寝室に向かう。

途中、邪魔してはいけないと空気を読んだ彼女の弟妹達は、彼女の部屋から様子を窺《うかが》っていたようだが、話を聞いていたそぶりはない。

本当に出来た子達だ。多分、彼女とお姉さんの教育の賜物《たまもの》なんだろう。

できれば、心の枷《かせ》を全部取り払ってやって、幸せになってほしいと思うくらいには、自分も彼らに情が移っているようだと苦笑が漏《も》れた。

17　空気

「あれ……」

一日お休みをもらった翌日、会社へ行くと、失《な》くなったはずのものがデスクの上に置かれていた。

どこから出てきたんだろうか。

首を傾《かし》げて見つめていると、後ろから肩をたたかれた。

「おはよー、昨日どうしたの？　大丈夫？」

「あ、おはようございます。大丈夫です、ご心配おかけしてすみません」

声をかけてくれた永峯さんに頭を下げると、「気にしないでいいよ」と微笑んでくれた。

彼女は私が手にしているノートに気がついたのか、苦笑して、私の疑問に答えてくれた。

「ああ、それね、昨日秘書室長がもってきたんだよ。川村さんの引き出しから出てきたんだって」

「え？」

「もう彼女は自分の荷物を整理したはずだから、おかしいなと思って中身を見たら、麻生さんの名前が書いてあったからって届けてくれたの。大方、嫌がらせの延長で麻生さんの机から盗んだんじゃないかって言ってたけど」

「……そうなんですか……」

でも盗むとか、もうこれ立派な犯罪なのでは、とかちょっと思ったけれど、彼女にはそれ相応の処罰が下っているのだし、今さら言っても仕方ない。

そう思って、手元に戻ってきたノートをデスクの中にしまう。

永峯さんは隣の席に腰を下ろし、頬杖をついて、私をじっと見つめていた。

「……？　なにか……？」

「いや、なんか吹っ切れた顔してるなあって思って。なにかあったの？」

「えっ……いやいやいやなにも、なにもないです」

「ふーん？」

ニヤニヤと笑いながらこちらを窺《うかが》う永峯さんにちょっと焦《あせ》る。いや、彼女が事情を知ってるはずないんだけど！

「あ！　あの！　そういえば！　永峯さん、前に、川村さんについて変な噂あるって言ってましたよね？　あれ、どういう噂なんですか？　ちょっと気になって」

実を言うと、そこまで気になった訳ではない。ただ話をそらしたかっただけだ。

だけど、彼女はその言葉に対して、ちょっと気まずそうな顔をした。

「いや、ちょっと、ね。色々あったよ。たとえば専任秘書してた専務と不倫関係にあったとか、気に食わない秘書室の新人をいびってやめさせたとか。後はなにかなー。ああ、会社の営業情報を他社に漏《も》らしてるだとか、色々だね」

「それって……事実だったら大変なことなんじゃ……」

「本当かどうかはわかんないよ。けど火のないところに煙は立たないっていうしね。ま、支社じゃそんな悪さもできないだろうし、今までの華やかさとのギャップに苦しんで、自分からいなくなるような気もするけどねー」

「……」

そういう永峯さんの言葉に頷《うなず》きつつも、ちょっと不思議に思った。

世の中にはいろんな人がいるとはわかっているけれど、あんなにも社長を好きだった人が、彼の不利益になるようなことをするだろうか。

もやっとした気持ちになっていると、先に外回りの仕度を済ませた永峯さんに「もうちょっとしたら出ようか」と声をかけられて、慌てて準備を整えた。

あわただしく会社を出るころには、そんな話もすっかり忘れてしまっていた。

歩き疲れた足をひきずりながら、マンションの玄関のドアを開ける。

「……ただいまー」

「あっ、おかえりなさい、かえちゃん！」

「おかえりー」

「あれ、二人ともなんでこっちにいるの？」

いつもなら、夕食ができたころに私が部屋に呼びに行くのに我が弟妹達はすでにその部屋に上がっていた。

一応この部屋は社長の家だし、合鍵は渡していなかったはずなんだけれど。

「昨日片倉さんが合鍵をくれて、手伝いするならこっちにいてもいいよって」

「うん、かえちゃんも帰ってきて一人じゃさびしいだろうから、寝る前まではいいよって言ってくれたの」

「……社長が？」

「うん」

揃って頷《うなず》く二人に、私は首を傾《かし》げる。

今までだって帰ってきて一人なのは当たり前で、そのことについてさびしいとか、言った記憶はない。

だけど、弟妹達の顔を見ていたら、どうでもよくなってきた。

一緒にいていいと言うなら、甘えてもいいだろうか。

よく考えればこんな風に過ごせるのは久しぶりだ。ここに桜ちゃんがいてくれたら完壁なのにと、思いを巡らせる。けれど、それは贅沢《ぜいたく》すぎる望みだ。

二人の頭を順番になでて、「夕食の支度をするから手伝って」と声をかけると、二人は素直にキッチンへ向かう。

私も部屋着に着替えてから、キッチンへ向かった。

ちょこちょこと動き回る二人の様子に笑みが零《こぼ》れる。

「……ねぇ、今度の日曜日、みんなで桜ちゃんのお見舞いに行こうか」

「え！」

「わー！　行きたい！　行きたい行きたい！」

「俺も！」

桜ちゃんの泣きそうな顔を見るのが辛くて、いつもすぐ帰っていたけれど、たまには長居してもいいかもしれない。

喜ぶ二人を見ながら、夕食の準備に取り掛かろうとすると、二人があっ、と言って私の後ろに視線を向けた。振り返ろうとした私をデカブツが取り押さえる。

「——それ、俺も一緒に行っていい？」

「うわあ!!　い、いつ帰ってきたんですか！」

「今だよ。ね、俺も一緒に行くからね」

「いや、意味わかんないんですけど！　なんで社長が一緒に行くんですか!!」

おいこら妹達よ、空気読んで出て行こうとするな！　助けろ、姉を!!

「こないだ言ったじゃん、一緒に行くからねって。ほら、一応さ、未来のお嫁さんの親代わりにはちゃんと挨拶しておかないと」

「それは今だけの話でしょう……！　する必要ない！」

近づいてくる顔を必死で押し止めて、潜めた声でそう訴えるけれど、彼は私の身体を抱きしめたままで、めげる気配はない。

ただでさえ、私が連れて行く男にはいい思い出のない桜ちゃんに、これ以上のショックを与える訳にはいかないのだ。

「なんで？　俺、会ってみたいなー。楓のお姉さん」

「なんでですか！　別に普通の姉ですよ！」

「でも、楓のお姉ちゃんだよ。ここまで楓を育ててくれたことを感謝しないと」

「はあ!?」

高校までは父も母も生きていたし、桜ちゃんに育ててもらった訳ではない。

桜ちゃんにお世話になったのは事実だけど、そのことについて、社長がお礼を言うのは、なんだか的外れな気がする。

「だって俺さ、楓が欲しかったら、お姉さんに言わなきゃいけないでしょ。娘さんを……あ、この場合、妹さんをか。妹さんを俺にくださいって」

「だから意味がわかんないんですけど!!」

「？　なんで？」

「だ、だって！　単なる契約じゃないですか！」

不思議そうに首を傾《かし》げる彼に、私が馬鹿になったような気がしてきた。だがしかし、私はそこまで耄碌《もうろく》してない。

ちょっと話が込み入ってきて、妹達に聞かれる訳にはいかないから、更に声の音量を下げた。

「……これは、婚約者のフリをしているだけでしょう？」

「……あぁ……うん。まぁまぁ、会わせるくらい、いいんじゃないのって。それこそ、俺を雇い主だって紹介すればいいじゃん」

「？　あの、本当に言ってる意味がわかんないんですけど……!?」

頭の中は疑問符でいっぱいだけど、今はそれどころじゃない。

腰を抱いている彼の腕が、徐々に上がってきているからだ。

なにを、考えてるんだこの人！

「……いい匂い」

「ふっやっ……!!」

露《あらわ》になっていたうなじに、生暖かい舌が触れる。自分の口から出た変な声に慌てた。

なに今の！　なにが起きた!!

赤い顔を見られたくなくて、本気で腕をはずしにかかるけれど、彼はなおも腕の力を強め、私の身体を拘束してくる。

その間にも這《は》い回る舌に、足が震える。身体中に走る甘い感覚を堪《こら》えるけれど、声が零《こぼ》れ落ちそうになる。

彼のその行動がなにを意味するのか全くわからなくて、頭の中は大混乱だった。

「……甘いね、どこも」

「やっ……やだっ……社長……っ！」

「可愛い……」

「ん……っ！　やだってばっ……！」

耳を舐められて、背筋がゾクゾクする。

なにこれ、なんで、急にこんな。

漂い始めた怪しい空気に、息も絶え絶えで請《こ》うも、彼の動きがとまる気配はない。

顔が見えない状態が怖くて、ぎゅっと彼の手を握りしめると、今度は指を絡めとられた。

「……楓……」

「んぅ……っ！」

無理な体勢で後ろから唇を奪われて、いつかされたみたいな激しいキスを予感して身体が震えた。

訳、わかんない。なにがいったいどうなって、今こんなことになってるの。私、彼になにかしたんだろうか。

好き放題口内をかき回されて、ぐったりした私の身体を支えながら、彼のもう一方の手が胸に触れる。

けれど、身体が硬直し始めたそのとき、その怪しい雰囲気は、大きな物音で打ち破られた。

「……ごっごごごごめんなさい!!」

「……っ……」

「……しまった、忘れてた」

慌てて逃げ去った妹と弟に、本気で感謝した。

＊＊＊

自分の部屋に入り、俺は上着を脱いでベッドに放り投げた。

ソファに沈み込んで、小さくため息をつく。

歯止めが利かなかった自分に苦笑が漏《も》れた。

もし、あのとき――

あのまま、彼女の弟妹が現れなければ、どこまでする気だったんだ、あそこで。

頬を紅潮《こうちょう》させる彼女が可愛くて、愛おしくて。

自分が手を出していい女性じゃないなんてわかりきっているのに、心から強く欲した。

数日前、俺の腕の中で泣きじゃくって、震えてた一人の女の子が、今日はうれしそうに、少し照れくさそうに笑うから。その表情が、俺の箍《たが》をはずした。

邪魔が入らず、彼女が俺に身を預《あず》けていたら……そう考えると、ぞっとする。

勢いのまま彼女を抱いたら、それこそ自分がどうなるのか想像できなくて。

「……やばいな……」

小さく呟いた声はすぐに消えた。

後戻りできないところまで来ている。それはもう認めざるを得ない。

傷つけるつもりなんかない。それは今でも思ってる。

だけど、彼女を傍におきたいと思う気持ちが生まれ始めている。それは、彼女を酷く傷つけることになるのに――

俺を好きになればいいのにと、そう願った。

同居を始めた当初は冗談のつもりだったのに、今はもう、切望に近い想いを抱いている。

傷つけたくない、でも離れてほしくもない。

いつのまにか自分がなんの力ももたない、ただの男になった気がしてきた。

これでも、千人単位の従業員を抱える一企業の社長だというのに。

最初は、全て計算のうちだった。それがいつから狂ったのか。

一緒に暮らすようになって、彼女をどんどん知っていったことで生まれたこの感情は、大きな誤算だった。

罪悪感を晴らしたくて、守ろうと決めたのは自分。

それが、心までも自分に向けてほしいと切実に願うようになるなんて、思ってもみなかった。

いっそのこと、強引に彼女の身体をものにして、俺から離れられなくしてしまおうかなんて、暗い考えまで頭に浮かぶ。

それは彼女のトラウマに塩を塗るだけだ。なによりそんなことをしたら、彼女の気持ちが自分に向く日は一生こないとわかっている。

彼女の泣き顔が脳裏《のうり》をよぎる。もし仮に、彼女が俺を好きになってくれて、全ての事実を知ったとき、今度はあの泣き顔を俺が向けられるんだろうか。

そう考えると、彼女に真実を打ち明けるのが怖かった。

これほどの恐怖に襲われるくらいなら、最初から全てを打ち明けてしまえばよかったとさえ思った。けれどそれでは、うまく事は運ばなかっただろうし、なにより彼女の身に危険が及ぶ。

時間はもうあまりない。

できれば、彼女に真実を打ち明けずに済むようになればいいのに、と卑怯《ひきょう》なことさえ考える。

彼女が離れていかないように、とその方法を模索している自分に苦笑が漏《も》れた。

「……見失うなよ、最初の目的を」

自分に言い聞かせる為に呟いた言葉が、重くのしかかる。

再び立ち上がって普段着に着替えてから、リビングに戻った。

彼女とともにいられる時間を少しでも多く作りたいし、交わした言葉を少しでも頭にとどめておきたい。自分には過ぎた願いかもしれないけれど。

18 姉

「……あの……楓……？」

「言わないで、桜ちゃん。よくわかる、よくわかるけど今は言わないで」

ベッドに背を預《あず》けながら不思議そうな顔をする姉を前に、私は必死でそう言った。

お見舞いに行こうと話した週の休日、私と弟妹、そして社長は、連れ立って桜ちゃんのいる病院を訪れていた。

ちなみに今、一緒に来たはずの蕾と蓮はなにを勘違いしたのか、もってきた花を生けてくると病室を出て行ったきり、戻ってこない。

あいつら後で覚えてろ、ちくしょう。

「……桜ちゃん、あのね、誤解しないで聞いてほしいんだけど……」

「うん」

「……あの、こちら……今、お世話になってる会社の社長さんで……片倉龍之介さん。ちょっと事情があって、仲良くしてもらってるの」

「あら、そうなの？　妹がいつもお世話になっております、楓の姉の桜です」

驚きつつも、私の説明をなにも疑わずに聞いていた桜ちゃんは、姿勢を正してお辞儀をする。

だましているようで心苦しい。そんな私の気持ちを知ってか知らずか、隣の暴君は、またしても爆弾を落としやがった。

「はじめまして、お姉さん。片倉龍之介と申します。楓とは、将来のことを含めた上で、お付き合いさせて頂いております」

「えっ……!?」

「ちょっと待てこら」

「だめだよ楓、こういうことはちゃんとしないと」

「いや、あの、違うよね!? 違いますよね、そういうことは言わないって約束でしたよね!?」

「約束なんて破る為にあるんだよ。知らないのかな、楓は」

「ちょっともう、その独自の俺様理論を展開するの、やめて頂けませんか! 約束は守る為にあるんですけど!!」

「ちょ、ちょっとちょっと楓、どういうことなの! 私にわかるように説明して!」

桜ちゃんも混乱し始めた。

当たり前だ、いきなり妹が連れてきた男が、将来のことを考えて付き合ってるとか言ったら、そりゃびっくりするわ!

「……や、あの……その……」

「……お姉さん、気がかりなことは色々あると思います。ですが、俺は楓とのこと、真剣に考えてます。だから、許して頂けませんか?」

「ちょっと社長は黙ってください。お願いだから」

「あの、片倉さんは楓と……どうやってお知り合いに? 社長さん、なんですよね?」

「楓とは道端でぶつかったのが縁でした。その後、俺の会社に面接に来て、これはもう運命だと……」

いや、もう本当マジで黙って、お願いだから。

彼が座っている椅子ごと、蹴り飛ばしてやろうかと思った。

「……あなたの立場では、楓は付き合っていても、つらい思いをするだけなんじゃないんですか？」

諦めた気持ちで二人の会話を聞いていたけれど、桜ちゃんの真剣な声にどきっとした。

姉のこんな厳しい声を、今まで聞いたことがない。

社長も姿勢を正して真剣なまなざしを桜ちゃんに向けていた。

え、なんだ、本当に求婚してますみたいな空気。置いてけぼりなのは私だけだ。

「させません。なにがあっても、俺が守ります」

「あなたが楓を望んでも、あなたのご両親が納得しないのではと聞いているんです。立場上、あなたにはすでに、そういう方がいらっしゃるんじゃないんですか？　楓を泣かせるだけなら、私は認める訳にはいかないわ」

「さ、桜ちゃん……？」

「納得させます。なにがなんでも。それに、確かに俺には婚約者がいましたが、もう何年も前の話です。とうの昔に破棄《はき》しました。ですので、今そういう方はいません」

「……楓は私の大事な妹なのよ」

「存じ上げております」

「……楓を守ってくれるの？　あなたが」

「ええ、必ず。お姉さんが心配していることからも。楓には、絶対に手出しさせません。蕾ちゃんや蓮君にも手出しができないようにしてあります。もちろんお姉さん、あなたにも」

「……っ……」

「……？」

私はなんだか会話が訳のわからないほうへ進んでいくのをただ聞いていることしかできない。一方、桜ちゃんは眉間に皺を寄せて黙り込んでしまった。

社長はずっと真剣な面持ちで姉を見つめていた。

誰も口を開かないまま、しばし時が過ぎたが、その重苦しい空気を破ったのは桜ちゃんだった。

「……楓を、妹を、よろしくお願いします」

「桜ちゃん⁉」

桜ちゃんはほっと気を緩めたように笑う。社長も胸をなでおろしている。私だけが意味をわかってないようだった。

なに、なんなの？　よろしくお願いしますってなに。

「あ！　しまった！　妹さんを俺にくださいって言ってない！」

「言わんでいい！」

「ふふ、仲がいいのね、二人とも」

「よくない！」

「楓は照れ屋ですから」

「そうなの。昔からなんですよ、この子。素直じゃなくて」

「そうなんですか」

ちょっとなに二人で意気投合してるの、私を置いてけぼりにしないでください。

今日の彼はいつものもの、人を小馬鹿にしたような態度ではなくて、紳士的な対応をしている。本当に二重人格なんじゃないのかと思う。

ともあれ、久しぶりに桜ちゃんが楽しそうにしているから、うれしくなってしまった。

こんな顔が見られるなら、この人が嘘をついたのも、よかったのかもしれない。

そんな風にさえ思えて、私もため息をついてから笑った。

けれど私はすぐに思い直す。これがフリだと知ったら、桜ちゃんは悲しむだろうな――

そんなことを考えていると、蓮と蕾が花瓶に生けた花を手に戻ってきて、五人でしばらく談笑した。それから、帰宅することになって病室を出るとき、桜ちゃんに呼び止められた。

「……幸せになりなさいね、楓」

「桜ちゃん……」

「私のことは気にしないでいいから、あなたは幸せになりなさい。いいわね？」

「……うん……」

その真剣なまなざしに、胸が痛む。

ごめんね桜ちゃん。本物の恋人じゃなくて、ごめんね。

いつか本物の恋人を連れてきて安心させてあげるから、今はまだ、だまされていて。

悪い妹で、本当にごめんなさい。

その言葉は、ぐっと唇をかみしめて呑み込んだ。

家に帰り着いて、蕾と蓮が隣の部屋に戻ってから、社長を問い質《ただ》した。

後々、弁解して回らなくてはならないのは私なのに。なんの相談もなく、勝手なことを口走ってこの人はどうしたいんだろう。

「……社長、一体どういうつもりですか！」

「なにが？」

「なにがじゃないですよ！　ただのフリじゃありませんか！」

「だって理由はどうあれ、事実じゃん」

「事実じゃないでしょう！　どうせ全部終わったら、この関係を解消するのに！」

「じゃあ事実にする？　別にいいよ、俺はそれでも」

「はあ!?　大体、私が婚約者のフリをするのは社長のお取り巻きがいなくなるまでじゃなかったんですか！　そもそも私のきょうだいにまで婚約者のフリをするなんて、私、嫌です！」

「……言ったはずだよ。良太の件は、俺が代わるって。もう楓が一人で背負わなくていい」

「私はそんなこと頼んでない！」

ジャケットをソファの背もたれにかけながら言った彼に、私は噛みついた。

だって本来なら、社長の取り巻きの筆頭である川村さんがいなくなった時点で、目的は達成されたはずだ。婚約者のフリを続ける意味はない。

「それなら、事実にする？　だったら楓が桜さんや、蕾ちゃん、蓮君に嘘をついてることにはならないし。楓が俺の嫁さんになるなら、俺は楓を一生守るし、親も納得させる。もちろん、お姉さんや蕾ちゃんと蓮君のことも守るよ。どうする？」

「いや、どうするとか意味わかんないんですけど……なんでそうなるんですか」

「……さあ、なんでだろうね、だけど少なくとも、良太のことが解決するまで俺は楓との契約を解消する気はないよ。楓や、楓のきょうだいを守るのも、俺の役目だから。悪いけど、もうちょっと付き合ってもらう」

「……社長？　役目って……？」

なぜか痛々しい笑みを浮かべる彼を見て、こっちが悪いことをしているような気分になる。なんで、そんな悲しそうなの。私、間違ったこと言ってないと思うんだけど。

「ねえそれよりさ、こっちおいでよ」

「え？」

「そんなところに仁王《におう》立ちしてないでさ」

「うわっ、ちょっと！」

いきなり腕を引かれて、バランスを崩した私の身体は彼の膝の上に落ちた。慌てて体勢を立て直そうとしたら、強引に目と目を合わせる体勢で座らされる。

うわ、すごく顔が近いんですけど!!

「……あの……な、なななななんですかこれ……」

「うん？　そうだな、強《し》いて言うなら、恋人同士がいちゃいちゃしてる感じ」

「……誰もいないのに、今ここで、する必要なくないですか」

「する必要はないけど、俺がしたいから」

「あの、お願いですから、私にもわかる言葉で話してくれませんか」

「話してるつもりだけど、日本語わからない？」

「そういうことじゃなくて！」

「……俺、言ったよね？　楓に惚《ほ》れてもらえるようにがんばるって」

彼の射抜くような眼差しに、身体が固まる。

この目、前にも見た。そうだ、前に彼が無理やり私を押し倒した、あのときと同じ目。

獰猛《どうもう》な、なにかをたぎらせている男の人の目。それを認識した瞬間、あのときの恐怖がよみがえってきた。

「……俺が、怖い？」

「……べっ、別に……っ！」

「なら、なんで震えてるの？」

「こっこれは……っ！」

本当は怖い。どうしたって、男の人に力じゃ敵《かな》わない。それは、以前彼に押し倒されたときに思い知った。

だけど彼は本気じゃないんじゃないかって、また私をからかってるんじゃないかって、そんな疑いが心の中に大きく存在してる。

だからここでうろたえたりしたら、また笑われるような気がして、どうしても素直に怖いとは言えなかった。

「……怖くないなら、やめなくてもいいよね」

「っ！　社長っ！」

胸元に顔を埋《うず》められ、腰に回された腕に力を加えられ、本気で焦《あせ》ってきた。

冗談なの？　それとも本気なの？

その境界がわからなくて、抵抗しようにも抵抗できない。

怖い。第一、社長だって私のこと好きな訳でもないのに、そんなことできない。

「龍之介でいいよ」

「……っ、あのっ……！」

胸の膨らみに彼の大きな掌《てのひら》が乗って、力をこめられて、揉まれてるのだと認識した。

身体の震えが大きくなる。

どうすればいいの？　どうしたらいい？　彼の本気を感じて乾いた口内を潤すように
つばをのみこんだ。

「……しゃ、社長」

「……龍之介でいいって言ってるでしょう」

きゅっと、服の上から敏感な部分をつままれて、身体が跳ねる。

彼の服をつかんで、必死で首を振った。

「……楓、怖いなら怖いって言わないと、俺やめないよ」

「っ……」

「本気だよ。このまま俺に抱かれたいなら、それでもいいけど」

「……っ怖い……っ！」

首筋に顔を埋《うず》めて舌を這《は》わせる彼に、思わずそう言った。

その瞬間、私の身体を這う彼の手がぴたりと止まり、涙ぐんだ目を向けると、瞼《まぶた》に口づけられた。

「……もっと早く言えばいいのに」

「……っ……」

「……なんてね、俺もちょっと意地悪しすぎた。ごめんね」

「……あの……」

「でもさ、これだけちょっかい出してるのに、少しも意識されないのってちょっとイラつくよね。俺も男だから、安全パイ扱いされるのは面白くないかなー」

「……は？」

やさしい手つきで彼の身体から下ろされて、頭をなでられる。

彼の言葉の意味がさっぱりわからなくて、彼を見上げると苦笑された。

「――楓を見てると、純粋すぎて、穢《けが》したくなる」

「……？」

「今はいいよ、そのままで。でも覚悟しといて。俺が本気になったとき、後悔しないようにね」

そう言って、自分の部屋に戻っていく彼の後ろ姿を呆然《ぼうぜん》と見送った私は、しばらくその場に座り込んでいた。

結局、関係はあやふやなまま、それ以上彼になにかを聞くことすら躊躇《ためら》われた。

この契約がいつまで続くのか、どこが終わりなのか、私には判断できなかった。

19　その正体

「おっはよー」

「……？」

翌朝早く、インターホンが鳴り、はっきりしない頭でマンションの玄関の扉を開けた。

すると爽やかな笑顔の彼女がいて、私はなんの言葉も返せない。

なぜここにいらっしゃるんですか、永峯さん。

「やあだ、麻生さん、寝起き？　意外と寝ぼすけなのね！」

「あ、いや、あの……。永峯さん？　なんでここに……？」

「あら、王子から聞いてないの？」

「は……？」

「永峯、お前、朝からうるさい」

「あら王子、おはよー」

「……？」

家主がパジャマ姿のまま出てきて、私の腰を抱いた。

「やだ、朝からラブラブなのね！　うらやましいわー」

「ちっ違う！　違います、永峯さん!!」

「なによう、照れなくていいわよ。それより喉渇いちゃった、お水もらうね」

「ちょっ、永峯さーん!!　もう！　社長も寝ぼけてないで起きてください！　ちょっと!!」

遠慮なくずかずかと家に上がる永峯さんに、私は救いの手を求める。けれど、後ろから人の身体を拘束している彼が離れる気配はない。

強行手段として、みぞおちに肘《ひじ》を入れてやる。

昨日もその前も、私が混乱してるのをいいことに、べたべた触ってきやがって。もういい加減学習した、混乱して私だけ悩むなんてまっぴらだ。好き勝手に触らせたりなんかしない。

腕が緩んだ隙に抜け出して、永峯さんの後を追うと、キッチンでゴクゴクと水を飲んでいた。

「……永峯さん、あの」

「あれ、もういいの？」

「もういいっていうか、なにもしてませんから！　それよりあの、なんでここに？　っていうか、今日、出勤でしたっけ？」

今日は確か日曜日のはず。時計はまだ八時を指しているけれど、目の前の彼女はきっちりスーツを着込んでいて、メイクも完璧だ。

「ううん、会社はお休みよ。雇い主様に呼び出されたから、ここに来たんだけど……麻生さん、本当になにも聞いてないのねぇ」

「え？」

「……げほっ、これから話すところだったんだよ。永峯、俺はこんな朝早く来いなんて言ったっけ？」

「言ってないわね！　私が暇だったから早く来ただけ！」

ものすごいドヤ顔で言い切る永峯さんに、社長が絶句している。

私は私で、ただの会社員である永峯さんと社長である彼の仲の良さが何となく気になった。

「……楓、この馬鹿、一応君のボディーガードだから」

「……は？」

「ちょっと！　馬鹿ってなによ！」

永峯さんが、ボディーガード？　こんな華奢《きゃしゃ》な人が？　なんで私に？

「朝飯、後でいいから、ちょっとこっちにおいで。説明してあげる」

「あ、はい……」

手招きされて、永峯さんと一緒にキッチンにいた私は慌ててリビングのソファに座る。

社長は私の隣に座ったけれど、永峯さんは立ったままだ。

「永峯の本職はボディーガードなんだよ。昔うちで働いてて、楓の入社が決まったときに戻ってきてもらったんだ」

「……あの、なんでですか？」

「社員の方が自然に守れるでしょう？」

「あ、いやそうじゃなくて、なんで、私にボディーガードなんですか？」

「ああ、相手が良太だからね。なにするか、わかんないし。楓はうちの大事な社員だから、守るのは当たり前だと思うけど」

いや、あの、そうじゃなくて。なんで一社員に過ぎない私に、入社当初から、それほどの配慮をしてくれていたのかを聞きたいんですけど。

だって、そのときにはまだ、社長は私についてあいつから聞いたことしか知らなかった訳で。

その話を聞いて彼が私にどんな印象を抱いたのか知らないけど、でもなんでボディーガードをつける必要があるの？

「くはっ……！」

「……永峯さん？」

私と社長のやり取りに、永峯さんがいきなり笑い出した。

いったいなにが彼女のツボにはまったんだろうか。

肩を震わせて笑いを堪《こら》える彼女とは対照的に、社長はどんどん不機嫌になっていく。

本当に、この二人の関係って一体なんなんだろうか。

「……まあ、そこの馬鹿はほっといていいよ。蓮君と蕾ちゃんにもボディーガードは付いてるからね。もちろん桜さんにも。簡単には手が出せなくなったはずだから、そこらへんは安心していい」

「……はあ……」

「教えずにすむならその方がよかったんだけど、良太が本格的に動き出したから、そうも言っていられなくなって。それで今日、永峯も呼んで、説明しようと思ってたんだ。桜さんは知ってるけど、蕾ちゃんと蓮君は知らない。でも、教えなくていいよ。生活しづらくなるだろうし」

「……あの、社長と永峯さんって、どういう……」

「ただの幼馴染《おさななじみ》だよ。近所の空手道場の娘なんだ。見た目にはそんな風に見えないけど、そいつ空手三段だよ」

「うえ!?」

「後は合気道と柔道ね。護衛なら任せて、麻生さん」

見た目はできるキャリアウーマンなのに。本当、人は見かけによらない。

「……社長は、なんでここまで、私によくしてくれるんですか……?」

「――さあね」

「ぶはっ！　……くくくっ……あ、ごめん、ごめんね。麻生さんには重大な問題よね」

「黙れ、永峯……」

いきなり漂い始めた社長の黒い雰囲気に、私はビビったけれど、永峯さんはなんら気にしていないようで、まだ笑っている。なにこのこわい空気。

本当に、さっきから、なにが彼女のツボにはまってるんだろうか。

私が首を傾《かし》げていると、「さて」と言いながら彼が立ち上がった。

「今日は一日中外出する予定だから、昼も夜も食事はいらないよ。場合によっては戻らないかもしれないから、先に寝てていいからね」

「あ、わかりました……」

「それと、今日からそれ、隣で生活するから。蕾ちゃんと蓮君には、知り合いのお姉さんが越してきたとでも伝えておいてね」

「え⁉」

「それ」と指を差されても永峯さんは全く気にしていないらしく、お腹が減ったとキッチンをあさり始めている。

社長は社長で、それだけ言うと寝室に戻ってしまうし、現状を理解していないのは、おそらく私だけだろう。

なんていうか、当事者なのに、蚊帳《かや》の外みたいな気分だった。

呆然《ぼうぜん》と立ち尽くしていると、着替えを済ませた彼が寝室から出てきて、そのまま出かけると言い残し、本当に出かけてしまった。

いやあの……さすがに、ここまで放置されるのもちょっと困る。

「く、あははは！」

「⁉」

彼の後ろ姿をぼけっと見送っていた私の背後でいきなり、永峯さんが大声で笑い始めて、ものすごく驚いた。

今日は永峯さんの笑ったところしか見ていない気がする。会社ではあんなにりりしいのに、プライベートではこんなに笑う人だったのか。

「ろくな説明もしないで出かけられても、麻生さん、困るよねぇ」

「え、あ、えと」

「あいつ、性格がひねくれてるから、肝心なことを隠すんだよね。昔っから変わんないの」

「そうなんですか？」

「そうだよ。大体、麻生さんのことだって心配で仕方ないくせに、絶対そのこと言わないんだから」

「……」

訝《いぶか》しげな視線を送ると、彼女は苦笑して「本当のことだよ」と言った。付き合いが長い分だけ、あのややこしい性格も理解しているのだろうか。

「あれよ、図体だけはでかいけど、中身は小学生なの。もう三十八のくせにねー」

「小学生？」

「ほら、よく言うじゃない。好きな子ほどいじめちゃうって。あれよあれ」

「はあ？」

ものすごく自信満々に言われて、思いっきり顔を歪《ゆが》めるとまた笑われた。だってそんな話、誰が信用できるんだ。もしかして、永峯さんは契約云々の話、知らないのかな。

「ま、今は信用できないかもしれないけど、結構頼りになると思うわ。そのうちわかるよー。じゃなきゃ、わざわざ私に護衛なんて頼まないよ」

「あの、永峯さんって、そんなに強いんですか？」

「うん、強いよ私は！　そこらへんの男に負けないくらいには！」

「へ、へえ……」

腕の力こぶを見せられて、ちょっとぞっとした。あの腕に絞め技をかけられたら、多分私、一秒ともたない。

それから、起き出して来た妹達に事情を説明した。

永峯さんが同居することを快諾してくれ、私はほっと胸をなでおろす。

「あ、それとね、麻生さんの弟妹の食事の世話も申しつけられてるから、麻生さんは王子の分だけで大丈夫だよ」

「へ？」

「その代わり、王子が帰ってきたら二人は隣の部屋に帰ることだって」

「……わかりました……？」

弟妹達は疑問ももたずに頷《うなず》いていたけれど、私はなんで今になってそんなことを言うのだろうかと疑問に思った。

あの人がなにを考えてるのか、本当にさっぱりわからない。

＊＊＊

楓と永峯を家に残し、俺は桜さんの病院へやって来た。

「……こんにちは」

病室を訪れると、同室の人間はどこかへ出かけているのか、彼女は一人だった。

「あら、片倉さん。どうされたんですか？」

「少し、お伺いしたいことがあって。すみません、二日続けて」

「それはかまわないですけど……。楓は？　一緒じゃないんですか？」

その問いに苦笑しつつ、彼女のベッドの脇にある椅子に腰を下ろした。

彼女が警戒する理由もわかるだけに、嘘はつけないと気を引きしめる。

「今日、ここに来たことを楓は知りません。楓には聞かれたくない内容だと思ったものですから」

「……え……？」

「……桜さん、教えて頂けますか。良太があなたを脅《おど》す材料として、なにを使ったのか。――あいつが、あなたになにをしたのか」

「……っ……！」

言葉を詰まらせて、顔色を変えた彼女に申し訳ない気分になる。

正直、こんな話、彼女にはしたくない。やっと断ち切ったと、思っていたはずだ。

今さら掘り返されても迷惑なだけだろう。

だが。自分はこの人からどうしても話を聞かなければならなかった。

なにから聞けばいいのか、正直な話、自分がしていることが正しいのかもわからず、困っていたのだ。

こんなことを聞いたら、彼女の傷をえぐることになってしまうかもしれない。

そんな不安を抱えながら、彼女の傷を最小限にする方法を必死で考えている。

そうは言っても、今、ここで彼女から聞かなければ、なにも解消されない。そうしなければ、このきょうだいの憂《うれ》いを晴らすことはできないのだ。

彼女にとっては、今はもうなんの関わりもなくなったあいつのことで、これ以上悩まされたくないだろうけれど、それでは根本的な解決にならないし、なによりあいつは今でも虎視眈々《こしたんたん》と次の機会を狙っている。

それがわかっているから、ここで引く訳にはいかないんだ、どうしても。

ふさがりかけた傷口をえぐろうとしている訳ではないと、彼女が気づいてくれたらいいのにと、都合のいい考えが頭をよぎる。

小さく息を吐き、居住まいを正す。

「……それは、楓の為に必要なことなんですか」

「……はい」

「私に、その理由を教えてもらっても？」

「……すみません、今は、まだ。ですが、全て終わったときには必ずお話しさせて頂きます」

「なら、話せないわ。真意がわからない以上、あなたの言葉を信用するだけの材料が私にはないから」

「……」

さすがに一筋縄ではいかないか。これだけ冷静に対応できる人が、あの良太に簡単にやり込められる訳がないのは、もうわかってる。

「……楓には、絶対に言わないでいてくれると、お約束して頂けるなら」

まっすぐに彼女を見つめて、口を開いた。

「……それが楓の為になるなら、絶対に言いません」

全てを打ち明けて、この人が頷《うなず》いてくれるかどうかはわからない。だけど、ごまかしたところですぐ見抜かれる。

現に今の俺の楓への気持ちは、永峯にすら筒抜けで、ちっとも隠せていないじゃないか。

この人もきっと、昨日の俺の態度で全て気がついているような気がした。

それなら、俺の意志を全て話さなければならないだろう。

俺の言葉を静かに聞いていてくれた彼女が、にっこりと笑って、思い出したくもないはずの記憶を話し始めてくれたとき、申し訳なさと、言いようのない感謝が湧き起こった。

「……あなたがどうするつもりなのかは知らないけれど、私の身に起きたことはこれが全てよ。たぶん、楓の知らないこともあると思う」

「はい」

「楓には私から告げるべきことだから、今、話したことは言わないでいてくれたら、ありがたいんだけど」

「善処《ぜんしょ》します」

そう答えると、桜さんは苦笑した。

病室を出るとき、穏やかな声で呼び止められ、振り返った瞬間、真剣な眼差しで見つめられる。

「あなたの考えはわかったつもりよ。だけど、楓をただ泣かせるだけのつもりなら、私はあなたを許さないから」

「……心得てます。今日は、ありがとうございました」

「……それから、私はつける必要のない傷を自分でつける人は、あまり好きじゃないわ。私自身がそうだったから、余計に同じことをして欲しくないの」

「……失礼します」

頭を下げて、今度こそ部屋を後にした。

本当に優しい人なんだろう。彼女は俺のことまで心配してくれている。それと同時に、自分の本心まで見抜かれているような気がした。

20　疑問

「――創立記念パーティー？　そんなのあるんですか？」

月曜日、出社した私がロビーの掲示板を眺めながら永峯さんに尋ねると、「そうそう」と頷《うなず》いた。

ちなみに、彼女が私の隣に住むことになったのは、帰宅時、一緒に帰る為だそうだ。会社勤めをしている人間にとって、一番危ないのが帰宅時らしい。

そこまで警戒する必要もないんじゃないだろうかなんて、ちょっと思う。あいつからのメールも、あれ以来届いていない。

その場から離れ、フロアへ向かおうとエレベーターに乗る。

「その日はね、社を挙げて夜からのパーティーの準備をするから、確か業務が一日休みになるって言ってた。パーティーに参加するのは部長クラスの人間だけって言ってたけど、多分麻生さんも出席させられると思うよ。必然的に、私もね」

「ええ？　なんで私が……」

「だって、婚約者でしょ、麻生さん。そう聞いたけど」

「……あ」

そうだ、そういえば、私、社長の婚約者役してるんだった。

私に嫌がらせしていた筆頭の川村さんが支社に飛ばされて、私に絡んでくる人はいなくなったから、すっかり忘れていた。もちろん、指輪に集まる視線や、噂話がなくなった訳ではないけれど。

そういえば、一番最初に、パーティーとか会食にも同伴してもらうって言われたな。

でも、そんなことしたら、私本当に後に引けなくなる気がする。それは、考えただけで、いかに自分の状況がまずくなるか想像できた。

「心配しなくても大丈夫よ。身元の確かな人間しか入れないしね」

「あ、いえ。そうじゃなくて……」

「なにか他に心配なことでもあるの？」

首を傾《かし》げて尋ねてくる彼女に、なんて言えばいいのかわからなくて、言葉を濁《にご》した。

護衛として傍にいてくれているけれど、どうやら彼女はなぜ護衛が必要かまでは聞いていないようだ。

社長は、どこで誰が聞いているかわからないと言っていたし、彼が彼女にどこまで言ってるのか見当が付かない。だから、私もなにを言っていいのかわからない。

ああもう、こんなときにどうすればいいかぐらい言っておいてよ、あの人！

「ちょっと、自信ないなあって、思って」

自分のデスクに着き、苦し紛《まぎ》れにそう言いながら、鞄の中から必要な物を取り出した。

パーティーについてはまだなにも言われていないし、今は仕事に集中しようっと。

意識を切り替えてノートを机に出すと、それまでじーっと私を見つめていた永峯さんが、爆弾を落とした。

「ねー、麻生さんさ。王子のこと、もしかしてあんまり好きじゃない？」

「ぶっ！」

「私が言うのもなんだけどさ、あいつ扱いにくいかもしれないけど、多分そこらにいる男よりは、ずっといいと思うよ。私の趣味じゃないけど」

「……い、いやあの、な、なにを、急に……っ！」

「なんかそんな感じがしたから。どういう経緯で婚約者になったかとか聞いてないから、あんま勝手なこと言えないんだけどさ。素直な性格じゃないし、大変だと思うけど麻生さんのことは大事にすると思うよ」

「……いや……それは……」

答えに困る。思いもよらなかった永峯さんの言葉に、私の顔は真っ赤になった。

色々助けてもらってる。日々セクハラまがいのことをされているけれど、確かによくしてくれていると思う。でもそれが、私の彼への好意につながるかと言えば、ない、と思う。

あの人は、男として意識されないのが面白くないとか言ってたけど。

意地になってるだけのような気がするし、もしかしたらからかわれているだけかもしれない。

遊ばれているとわかってて、好きだなんて思えない。ただでさえ、私は男の人があんまり信用できないのに。

だが、彼に言われた言葉が、いつまでも私の頭の片隅にあるのも確かで。

今の関係を事実にする？　と問いかけてきた彼の言葉の真意が、永峯さんならわかるんだろうか。

「……好きですよ。だって婚約者ですもん」

「……そう？」

結局、頭に浮かんだ言葉は口には出せず、当たり障《さわ》りのない返事をして、仕事に取り掛かった。

「あ、やっぱり私も出るんですか？」

「うん。ごめん、言い忘れてた。もうドレスなんかも用意してあるから、よろしくね」

夜、帰宅した彼を玄関で出迎えた。上着を受け取りつつ、やっぱり出なきゃなんないのかと思い、肩を落とす。

だって、そんなパーティー出たことないし、なにより、社長の婚約者として紹介されるのが、ひどく重荷だ。

ご両親にだって、まだなんの話もしてないだろうに、突然私みたいなのが出ていったら、ものすごく気まずくないですか。

「なに？」

「……いえ……その、創立記念パーティーって、社長のご両親もいらっしゃるんですか？」

「まぁ、会長だしね。来るよ。ああ、そのとき楓のことは紹介するから」

「やっぱり、婚約者としてじゃなきゃだめですか……」

「……嫌なら、友人として紹介するよ。それでいい？」

「えっ」

びっくりして顔を上げると、無表情の彼と目が合った。

え、なんで、そんな顔するの。

彼は一つため息をついて、視線をはずした。

「……そんなに、俺の婚約者役が嫌なの？」

「……え……嫌っていうか……その……私じゃ、力不足でしょうし……社長に似合わないですし……」

「……似合わない、ね。そんなの誰が決めるんだろうね」

「……社長？」

「……着替えてくるよ。飯、用意しといて」

「……はい」

淡々とそう告げると、彼は寝室に入ってしまった。一人取り残された私は呆然《ぼうぜん》と立ち尽くす。

彼があんな表情をする理由も、彼の質問の意味もわからない。

とりあえずは、食事を用意しなければと作っておいた夕食を温《あたた》めようとするけれど、どうしても手が止まりがちになる。

この間から、一体、なんなんだろう。意識されないのが面白くないとか、婚約者役が嫌なのかと聞いてきたりとか。

おもちゃの私が思い通りにならないから、面白くない、とかなんだろうか。

大体、婚約者役が嫌かって聞かれたら、そりゃ嫌って答えるに決まってる。

相手は大企業の社長で、一般庶民の私が彼の婚約者役を務めるなんて荷が重過ぎる。

だけど、彼がただの一人の男の人だったら、私はどうしただろうか。

初めて会ったとき、私は確かに、彼のことをかっこいいって思って、ときめいたような気がする。

そこまで考えて首を振った。

私ってば、なに考えてんの。そんなことにうつつを抜かしてる場合じゃないんだから。今ここでこうしているのも、自分の大事な家族を守る為なのだから。

鍋の中のカレーが温まり始めた。白いご飯をお皿によそってからカレールウを盛りつけて、食卓へ来た彼の前においた。

食事中、彼はなにも言わず、なんだか酷く気まずかった。

＊＊＊

「……なにか顔についてるか？」

「ひっどい顔ですね」

「……うるさい」

翌日、社長室で書類をめくりながら永峯に言うと、酷く不機嫌さの滲《にじ》んだ声が出た。

自分でそれがわかるということは、目の前にいる永峯も気がついているってことで、少しだけ、ばつが悪い。

どう考えても、これは八つ当たりだ。酷い顔なのは十分自覚している。だからこそ余計に、指摘されてイラついたのだ。

思わず零《こぼ》れたため息にすぐ我に返ったが、遅かった。

「……まぁ、なんていうか、王子も人の子だったんですね」

「……なにが言いたいんだよ」

「別に、そんな風に恋愛で悩んでるところなんか見たことなかったものですから。ただ純粋に物珍しいだけですよ」

「ほっとけ」

いつまでもにやにやと、意地の悪い笑みを浮かべている彼女に苛立ちが募《つの》る。

自分が揶揄《やゆ》されているとわかるからだ。

「はいはい、ほっときますよ。けどね王子、あの子を傷つけたくないって自分を追い込むのは勝手ですけどね。手遅れになってからじゃ遅いんですからね」

「は？」

「人の気持ちは止められないものですから。麻生さんが誰を好きになろうが止められないんですよ。もちろん王子もね」

「……？」

「だーかーらー、迷ってる暇があるなら認めちゃえばいいんじゃないんですかって、言ってるんですよ。傷つけることに怯《おび》えてたら、なんにもできやしませんよ。王子には、やらなきゃいけないことがあるでしょ」

「……っ」

幼馴染《おさななじみ》の言葉に図星を指された気がして、返す言葉に詰まった。

「彼女の傷も癒《いや》してあげればいいでしょう」

「……お前、もう今日は帰れ」

俺の言葉に永峯は苦笑して、そのまま部屋を出て行った。

もう何度目かわからないため息を落として、目をきつく閉じる。

簡単に好きだと認められるのなら、こんなに悩まない。

彼女の言葉に一喜一憂《いっきいちゆう》して、自分はこんなにも情けない男だっただろうか。

「……怯えてる、ね……」

そんなつもりはなかったけれど、自分はやっぱり怯えてるんだろうか。

初めからわかっていたはずだ。あの子は惹かれちゃいけない子だと。

こんな気持ちになるなんて、自分が一番信じられなかった。

自分は理性的な人間だと思っていたし、なにより一人の女性にのめりこむことなんて、今までなかった。

それだけに、今の自分が信じられない。

思わず苦笑を漏《も》らし、天井を仰《あお》いだ。

書類の続きに目を通そうと視線を戻してみたけれど、どうにも集中できない。

「……止められるもんなら、とっくに止めてるって……」

歯止めが利くものなら、こんなに悪循環に陥《おちい》っていない。永峯の言葉は、今まさに身をもって感じている。

彼女の自分への気持ちの変化が怖いなど、情けないにもほどがある。

傷つけた分、自分が彼女を癒《いや》すことができたらどんなに幸せか。

でも、それが不可能に近いこともわかっていて、心が重くなる。

――自分で自分を傷つけるな。

それは彼女の姉から言われた言葉だが、聞いたときから無理な話だと思っていた。

彼女を傷つけるとわかっているのに、自分だけ痛みから逃がれるなんて、そんな身勝手なことができるものか。

楓が俺に無邪気な笑顔を見せるたびに心が軋《きし》んで、どうか彼女が泣かないようにと、祈ることしかできない自分が腹だたしくなる。

あいつの回し者だと睨《にら》んでいた人間が尻尾《しっぽ》を出し始めて、捕まえられそうな今、自分の気持ちに揺れていては、果たせるものも果たせない。

すでに何度も覚悟したはずだ。

全てを話してくれた彼女の姉の「妹を傷つけるな」という言葉と、自分を慕《した》ってくれる彼女の弟妹達の顔が頭をよぎり、一つ息をついて姿勢を正した。

彼女の笑顔を守りたい。自分にとっての第一の目的はなんだ。

彼女を守ること、彼女のきょうだいを助けること。

あの明るく前向きな彼女の笑顔に翳《かげ》りが残るようなことがあってはいけないんだ、絶対に。よそ見をしている暇なんかない。

頭の中をちらつく彼女達が、どうか真実を知っても、笑顔でいてくれたらいいと切に願った。

21　名前

それから数日、表面上は穏やかに過ぎていったけれど、家の中はどうにも重苦しい。

彼の言いつけどおり、弟妹は社長が帰ってくると同時に隣の部屋に戻ってしまうし、彼も最低限の会話しかしてくれない。

こうしてリビングに一緒にいても、聞きたいことがいっぱいあるのに、話しかけられない状況だ。

社長とは短い間に色々あったけど、こんなに空気が重くなることなんてなかった。

永峯さんに相談しようにも、どこまで話せばいいのかわからない。

思わず零《こぼ》れたため息に、彼が顔を上げた。

「疲れてるなら、先に休んでていいよ？」

「あ、いえ大丈夫です。ごめんなさい」

「……別に、謝らなくてもいいんだけど。無理しないようにね」

「はい」

無理してるのは、あなたじゃないんですか。そう言いたかった。

この契約を破棄《はき》したいのだろうか。それならそう言えばいいのに。

私はもう十分助けてもらったし、彼もまとわりつく筆頭がいなくなったのだから、私に婚約者役を続けさせる意味もないと思う。

良太のことが解決するまで付き合ってもらうと言われたけれど、彼にそんな義務はない。良太の件に関しては、彼が面倒だと思ったらそこで終わりにすればいいのだ。

私から申し出たほうがいいんだろうか。もし、破棄したいのなら、って。

でもそうなると、弟妹達は、実家に戻らなきゃいけない。

なにより、私がここにいる必要がなくなる。私も元の生活に戻るのだ。

誰かの為に食事を作ったり、誰かの為に家事をしたりする必要もなくなる。

私の作ったご飯を食べて、おいしいって言ってくれる彼の言葉を聞けなくなるのだと思ったら、ほんの少しだけ、寂しい気がした。

「……楓？」

「っ、はい！」

「……どうしたの、急に黙り込んで。今日はもう休んだら？　俺はまだ仕事が残ってるけどさ」

急に呼びかけられたせいで、返事の声が裏返った。

なんなのもう。こんな生活、とっとと終わってくれるなら、万々歳《ばんばんざい》じゃないの。

「大丈夫です。お風呂沸いてるので、先に入っちゃってくださいね」

「……」

無理やり笑みを浮かべると、彼が私の顔を見つめてきて、少し恥ずかしくなってきた。

「社長？」

「……あのさ」

「はい？」

「触ってもいい？」

「は？」

「変なことしないし、ただ触りたいだけ。触っていい？」

触るってなに、そう突っ込みそうになったけれど、彼の表情がどこか切羽詰まっていたから、はねつけられなかった。

どう答えていいのかわからなくて、ぎゅっとエプロンの裾《すそ》を握りしめる。

私が答えないことを肯定と受け取ったのか、彼は私の手首をつかみ、自分の腕の中に閉じ込めてきた。

そういえば、こんな風に抱きしめられるのも久しぶりだ。以前は毎度毎度セクハラまがいのことをされていたのに。

「……ごめん、少しだけ」

「……っ……」

彼の腕に力がこもって、私はいたたまれなくなってしまう。

疲れてる？　それとも、なにかに苦しんでいるんだろうか。

声が傷ついてるような気がして、私は身動きがとれず、そのままでいることしかできなかった。

「麻生さん、次行くよー」

「あっ、はい！」

翌日の外回り中、永峯さんに声をかけられて慌てて彼女に駆け寄る。

営業職についてはまだまだひよっこの私は、今日も永峯さんについて回っている。

まずなによりも、取引先の相手に顔を覚えてもらうことが大事らしい。

フットワークの軽い彼女の後をついていくのは、結構しんどかったが、私はまだ新人だ。文句も弱音も言えるわけがない。

「あ、そろそろお昼だね。どっか入って食事しちゃおうか」

「……はい……」

「はは、なあに、疲れてるねー。夜、ちゃんと寝てるの？　嫌なときは嫌って言わなきゃだめよー」

「は？」

ぜーぜー言っていると、豪快《ごうかい》に笑いかけられ、私は首を傾《かし》げた。

誰になにを嫌と言えばいいのだろうか、確かに夜は、ちょっともやもやして、あんまりよく眠れていないけど、でもそれは嫌とか言っても、仕方ない気がする。

「だから、王子に求められても今日は無理ですって、ちゃんと言ったほうがいいわよ。年甲斐《としがい》もなく、どんだけ元気なのか知らないけど」

「は!?　いや、なっなにを……！　ないですし！　ありえないしそんなこと！」

「え、そうなの？」

「当たり前じゃないですか！」

顔を真っ赤にしながらそう言うと、永峯さんは苦笑していて、「王子かわいそう」などと、よくわからないことを呟いていた。

かわいそう、って、なにが。

聞いてみても彼女は答えてくれない。

ただ苦笑するだけで、「そのうちわかる」としか言ってくれなかった。

目に留まったお店に入って、空いている席に向き合って座る。

「でもね、まじめな話、疲れてるなら無理しちゃだめよ。なにか悩み事があるなら、王子に話したらいいじゃない」

「……はあ……」

そんなこと言われても、あなたの態度がおかしくて悩んでるんです、なんて本人に言える訳がない。

私がまごついていると、永峯さんが助け舟を出してくれた。

「もし王子に言えないならさ、とりあえず私に話してみたら？　少しは役に立てるかもしんないし」

「……あ、……の」

「うん？」

「……その……社長が、口を、きいてくれない、んですけど……」

「は？」

帰ってきた返事に、顔を上げられなくなる。

「あ、あの、ちょっとした用事とか、ご馳走様とかそういうのは言ってくれるんですけど、なんていうかその、雑談？　みたいな話はしてくれなくて……」

「……へー……」

「原因はわかってるんですけど、でも、それが直接の原因じゃないような気もするし、とにかく家の中の空気が重くて、どうにかできないかなー、とか……」

ああああ永峯さんの顔がどんどん呆れたものになっていく。

見捨てないでください、今、頼りにできるのはあなただけなんですと心の底から願った。

「……ていうかさ、そんなの、麻生さんが王子に好きって言ってキスの一つや二つかませば、あっという間に元に戻ると思うよ」

「は!?　むっ無理ですよ、なに言ってるんですか！」

「なんで無理なの？　付き合ってるなら普通よ普通」

「……う……」

本当は付き合ってないから無理なんですって、言えたらどんなに楽だろうか。

それはできないので、他に解決方法があるなら、ぜひご指導願いたい。

「そういえば、麻生さんって、王子のこと社長って呼んでるの？」

「あ、はい、なんか、名前で呼ぶのも失礼かなって思って……」

名前で呼ぶほど親しくないから、なんとなくそのままなのです。とはさすがに言えないから、無難にそう答えると不思議そうな顔をされた。

いや、名前で呼んでいいと言われたことはあるけど、それは状況が状況だったからだ。真に受けるほどバカじゃない。

「じゃあさ、今日帰ったら、名前で呼んであげれば？」

「へ？」

「今まで名前で呼んでないんだったら、喜んで話してくれるようになると思うよ。根は単純なやつだし」

「……そうですかね……」

でも、いきなり下の名前で呼んで、なんだこいつとか思われないだろうか。

もしかしたら、この契約を破棄《はき》したいのに、言い出せなくて最近黙っているのかもしれない。そうだとしたら、私はどうすればいいのだろう。もし彼が言い出しづらくて私に言えないだけなら、私からは言った方がいいのだろうか。

「……あの」

「うわっ、なに!?」

「あの、社長、なんか言ってませんでしたか？　こう……なんていうか、婚約破棄？みたいな……」

私の言葉に一瞬きょとんとした永峯さんは、次の瞬間、大爆笑した。

「ない！　ないない！　ありえないから！　婚約破棄とか！　絶対ないから！　安心していいわよ！」

「えええ……？」

「ありえないって、だって王子必死だもん。それはないわー！」

「え、必死ってなにが？　え？」

「麻生さんって面白いわー。王子が選んだの、なんかわかる気がする」

「……」

不本意な永峯さんの言葉に、私は黙り込んだ。

面白いと言われても、そんな自覚ないんだけど。

そんな風に、終始笑いっぱなしの彼女と実りがあったのかわからない昼食を終えて、午後の仕事に戻る。でも、その日帰るころには、私は心の中でやらないよりかはやってみるかと決意していた。


帰宅後、私がうろたえている姿を弟妹に見られるのはなんとなく気恥ずかしくて、彼が帰ってくる前に二人を隣の部屋に戻らせた。時計と睨《にら》めっこしながら、リビングで社長の帰りを待ちわびていると、玄関の鍵を開ける音がした。

「……っお、おかえりなさい！」

「……ただいま。どうしたの？　そんなに慌てて」

「あ、いや、その……あ、あの……」

「……？」

　どうしても言えなくて、口ごもってしまう。

ただ名前を呼ぶだけなのに、無性に恥ずかしい。俯《うつむ》いたまま、エプロンの裾《すそ》をもじもじといじくる。

ああ、なにやってるんだ、こんな玄関先で。彼は疲れて帰ってきてるのに。

いつまでもこうしている訳にはいかない。意を決して顔を上げると、首を傾《かし》げている彼と目が合った。

　その瞬間、顔が熱くなった。

「……楓？」

「……りゅ……龍之介さんっ！」

「……え？」

「……りゅりゅ龍之介さん、あの、おつ、お疲れ様です……」

「……」

　思い切りどもった。

顔を上げられなくて、ぎゅうっとエプロンの裾を握りしめていると、頭に掌《てのひら》が乗って、優しくなでられた。

「……入れ知恵したの、永峯？」

「え、あ、いや……」

どこか不機嫌な声に本気で落ち込みそうになりつつ「すみません」と口にしてから、彼の鞄を受け取ろうとすると、ぐっと腕を引かれた。

気がついたら、彼の腕の中で、一瞬、なにが起こったのかわからなかった。

「……いいよ、そう呼んでくれて。社長じゃなくて、龍之介って。そう呼んで」

「へ」

「……着替えてくる」

「あ……はい……」

抱きしめられたときと同じくらい唐突に身体を離された。顔を仰《あお》ぎ見る前に、彼はすたすたと自分の寝室に向かってしまう。

私はなにが起こったのかわからず、しばらくその場にたたずんでいた。けれど、食事を温《あたた》めなければならないことを思い出して、慌ててキッチンへ足を向けた。

急いで夕食を温め始めたけれど、彼の着替えが終わるまでには間に合わなくて、すみませんと謝りつつ、ご飯と味噌汁、おかずを彼の前に置いていく。

だけどなぜか彼は上機嫌で、なにも言わず、食事の用意が整うまで待っていた。

気がつくと、あの重苦しい空気は嘘のように消えていた。

名前で呼んだから、とか？　いやいやまさかそんな訳ない。

首を傾げつつ、彼に箸を手渡してキッチンに戻ろうとしたとき、ポケットに入れっぱなしだった携帯が着信を知らせた。

なにも考えずに、「すみません」と一言断ってディスプレイを見ると、登録されていない番号が表示されていた。

誰だろう、こんな時間に。でもこの番号、どこかで見たことあるような気がする。

通話ボタンを押し、耳に届いた声に、私は固まった。

『――楓か？　久しぶりだな』

「……っ……！」

「……楓？」

携帯を耳に当てたまま、なにも話さない私を訝《いぶか》しんで、食事を始めようとしていた彼が箸を置く。私はなにも反応できなかった。

『俺だよ、良太。わかるよな――？』

ああ、なんで私、携帯の番号を変えなかったんだろう。

私は得体の知れない恐怖を感じていた。

こいつはなんでこうも私に近づいてこようとするんだろうか。あんなことをしておいて――

22　彼の意図

頭が疑問で埋め尽くされて、私は社長が真横に立っていることに気がつかなかった。

その間も電話の向こうでは能天気な声が聞こえる。

私が言葉を発することができずにいると、携帯が手の中から抜き取られ、ぎゅっと抱きしめられた。

「……?」

「――もしもし?　どちら様?」

「しゃ、社長……っ!?」

「ああ……その声、お前、良太?　久しぶりだな」

「っ!」

私を落ち着かせる為に、代わってくれたのだと悟る。

助かったと、とっさに思ってしまった。

本当に助かった。

あいつが私を壊したいだけで桜ちゃんに手を出したのだとしたら、つながりをもてば、また同じことになりそうな気がして怖くなった。

耳をすませていると、良太が混乱しているような声が聞こえる。

すると社長がそれを笑い飛ばした。

「なんで？　ああ、お前知らないの？　耳だけは早いと思ってたけど、そうじゃないんだな。楓は俺の婚約者だから、一緒に暮らしてるんだ。なにかおかしいか？」

『だからなんで楓みたいなやつがお前の……！』

「みたいなとか、それ、俺に失礼じゃねぇ？　なあ良太、お前、俺が本気で切れたらどうなるか、知ってるよな？」

『……っ……！』

私に向けて話すのとは全然違う彼の口調に、こっちまで怖くなる。

低く、威圧感たっぷりの声は、今まで一度も聞いたことがない。

「……あぁ、お前の浅はかな行動には感謝してるよ。おかげでこんないい女、捕まえられたんだ。お前が逃した分、俺がめちゃくちゃ大切にするから、安心しろよ」

『……なっ……！』

「お前の目的がなにか、俺が気づいてないとでも思ってんの？　……これ以上、好き勝手させねぇぞ」

「……？」

目的って、なに？　浅はかな行動って？　逃がした分？

「おい――……あ、切れた」

「え？」

「ごめんね、用件聞く前に切れちゃった」

そう言って、何事もなかったように、私に携帯を返してきた彼は椅子に座り直して、夕飯を食べ始めている。

「……あの、……社長……？」

「あれ、もう名前で呼んでくれないの？」

もしここで社長って呼んだら、彼の機嫌を損ねてしまうかもしれないし、素直に従っておこう。

「……龍之介、さん」

「うん、なに？」

なんでそんなにニコニコしてるの？　今の会話は、一体なんだったの？　目的ってなに？

「……今の、良太ですよね？」

「うん。あぁそういえば、前の会社辞めてから、あいつが電話をよこしたのって、今日が初めて？」

「あ、はい。前はメールだったし……ってそうじゃなくて！」

「え？」

「良太の目的ってなんなんですか？　社長、じゃなかった、龍之介さんはご存知なんですか」

思わず身を乗り出して彼の顔を覗き込むと、社長はなにを勘違いしたのか、私の唇を掠《かす》め取った。

不意打ちを食らった私は、瞬時に顔が赤くなる。

「知ってるよ。けど、今はまだ言わない」

「は？」

「楓は知らなくていいことだから。けど、ちゃんと、全部終わったら教えるよ」

「え？　なんで私が知らなくていいんですか。だって私、当事者ですよね？　本当なら、私が片づけなきゃいけないことですよね？」

「俺が代わる、そう言ったよね」

優しく笑う彼に、私はなぜだか不安が募《つの》る。

彼はなぜか私に、なにをされるかわからないからと護衛までつけてくれたのだ。それって、よく考えれば、彼が私に代わって危ない目に遭うってことなんじゃないの。そんなの耐えられない。なんで彼が私の身代わりになる必要があるの。

「……私のことですよ」

「楓が無駄に傷つく必要ないって言ってるんだけどな」

「だからって、龍之介さんが私の代わりになることもないはずです。龍之介さんにそこまでしてもらう理由、私にはない！」

「楓になくても、俺にはあるの」

「それで怪我でもしたらどうするんです！」

「しないよ。俺にだって護衛はついてるし」

「そういうことじゃなくて！　だって龍之介さん言ったじゃないですか！　あいつ、なにするかわかんないって！　私のせいで怪我でもされたら困ります！」

こみ上げてくる涙を必死で堪《こら》えて、そう言った。

けれど彼は表情を崩さない。それがひどく悔しい。私の言葉なんて、一切届いてない。

唇を噛みしめていたら、私の手が温《あたた》かい彼の掌《てのひら》に包まれた。

「……そうだな。俺が楓のせいで大怪我したら、一生傍で俺を支えてくれる？」

「……は？」

「それもいいかな」

「な、なに、馬鹿なこと……！」

「馬鹿でもいいよ。俺はそれがうれしいから。まぁ、そんな大怪我することなんてないと思うけどね」

「社長！」

「龍之介。今度から社長って呼んだら、返事しないよ」

「龍之介さんっ！」

「……俺も、無関係じゃないからだよ。確かに楓は当事者だ。でも、被害者なんだから、そんなにがんばらなくていい。楓もきょうだいも、そろそろ幸せになってもいいはずだ。面倒事なんか背負わずにね」

「……？」

「真実を教えたら、楓は黙っていられない。違うかな？」

ぐっと言葉を呑み込んだ。確かに、そうかもしれない。

以前、蓮から話を聞いた私は、感情のままあの男をぶん殴って、詳しい話を聞く前に取り押さえられてしまったのだ。

「面倒なことは、処理できる人間がすればいいんだよ。だから楓は終わるまで待ってなさい」

いつもは子供みたいに人をからかうくせに、こんなときばっかり大人みたいな顔して――

人を諭《さと》すような口調がいやに鼻につく。

「……っ、馬鹿にしないで！　そこまで子供じゃない！」

「……子供扱いしたつもりはないけど。ああでも、こう言ったら聞いてくれるかな。良太には近づくな。雇い主の命令は？」

にっこりと、嫌味なほど綺麗な笑みを浮かべた彼に、頭に浮かんだ言葉を口に出す気にはなれなかった。

ぎりっと奥歯を噛みしめて彼を睨《にら》みつけても、痛くもかゆくもないらしい。

「言ったはずだよ楓。俺は、君と君の家族を守る」

「……意味がわかりません……！」

頬を温《あたた》かい掌《てのひら》でなでられたけど、払いのける。

怒りも露《あらわ》に、だんだんっと足音を響かせて自分の部屋に向かい、閉じこもった。

「……ホント、可愛すぎて参るな」

＊　＊　＊

迎えた、創立記念パーティー当日。私は朝から永峯さんと一緒に、今日の会場であるホテルを訪れていた。

「わー、似合う！　すごい似合うよ、麻生さん！」

「……ありがとうございます……」

パーティーの支度をするのに、こんなに体力を消耗《しょうもう》するとは、思ってもいなかった。

朝早くに家を出て、会場だというホテルに着いた途端、エステで身体中を磨き上げられたかと思ったら、今度はそのままヘアサロンに放りこまれた。

ぐったりとしたまま用意されたドレスにのろのろと着替えていたら、そこにいた従業員が見るに見かねて、ぱぱぱっと私を着替えさせた。

時計を見ると、正午を過ぎている。朝からなにも食べてないし、もうすでに疲れ切ってるし、私、こんなんでパーティーを乗り切れるんだろうか。永峯さんの元気を少し分けてほしい。

「そういえば麻生さん、朝からご飯食べてないんだっけ？　今ならホテル内のカフェが開いてるだろうし、なにか食べに行く？」

「……はい……」

永峯さんに連れられて、カフェに入ると、優雅にお茶を楽しむセレブ達の姿があった。

疲労感から一転、私は不安感に襲われた。

「あああの、あの永峯さんっ！　私、ばばば場違いとか、そういうあれじゃないんですかね、これ……！」

「え？　どこが？　立派なご令嬢に見えるから大丈夫よ！　堂々としてなさいって」

「で、でも！」

「いいからほら、あっ、あそこ席空いてる。まずは食事しないと。パーティーが始まったら、どうせ挨拶だなんだで、ろくに食べられないと思うよ」

「……うう……」

永峯さんは私の手を引いて、そのセレブ達の間を分け入り、空いてる席に腰を下ろす。しり込みしまくりの私に痺《しび》れを切らしたのか、メニューをひったくって、軽食をぽんと頼んでくれた。

「これからこういう場所に出ることも多くなるだろうし、早く慣れないときついよ、麻生さん」

「……はい……」

できれば、契約期間中にもうパーティーなんて、開催しないでほしい。

こんなの、慣れろって言われても庶民には無理な話だろう。

永峯さんに苦笑されて、ますます肩が縮《ちぢ》こまる。

食事が運ばれてきて、無理やり詰め込めと言われて仕方なく、ものすごいスローペースで食べていると、いきなり彼女が立ち上がった。

「……永峯さん?」

「ああ、大丈夫、傍を離れる訳じゃないから。ただね、ほら。王子様のご登場だから」

彼女の指差す方へ視線を向けて、我が目を疑った。

「──ああ、ここで食事してたのか。どこに行ったのかと思った」

「最初からお伝えしていたはずですよ、社長」

どこの、王子だ、この人。

私の席まで優雅に歩いてきたその人に、ぽーっと見惚《みと》れてそんなことを考えてしまう。

いや、そりゃ、かっこいい人だと思ってたけれど。

整えられた髪の毛に、高級そうな黒いスーツに、シルバーのネクタイ。そして白いシャツが目にまぶしい。

「タキシードは着られなかったんですか」

「いやだよあんな、七五三みたいなやつ。親父だけで十分だろ」

「七五三……」

二人の会話は耳を通り抜けるだけで、私はなんの反応もできなかった。

「……楓?」

「うあっ、はい!!」

「どうかしたの?」

「い、いいえ!?」

うわ、絶対顔赤い。だってものすごく熱い。

なにこれ、なんで私こんなどきどきしてるの。馬鹿みたい。

訳もわからず、こっちは最高潮にテンパっているというのに、彼は優雅に私の前に腰を下ろして、やわらかく微笑んだ。

「思ったとおり、よく似合ってる。楓、すごい可愛い」

許されるなら、ここで気を失ってしまいたかった。

そんで、これは夢ですとか、誰か言ってくれないだろうか。

だって、こんなにかっこいい人の隣に、これから数時間立ち続けなきゃいけないとか、なんの拷問《ごうもん》ですか!!

23　心の中身

「お久しぶりです、片倉社長」

「……あぁこれは、お久しぶりです。お忙しい中ご足労頂きまして、誠にありがとうございます」

「いえ、こちらこそ、このような祝いの場にご招待頂きまして。こちらの女性は？　片倉社長もついに身を固めるご決意を？」

「あぁいいえ、友人なんですよ。今回両親にどうしても同伴者を、と言われまして」

「そうなんですか？　とても美しい女性ですね」

「そんな……」

ああもう顔の筋肉が引きつりそうだ。

挨拶に来るの、何人目なんだろう。

しかも同じような質問ばかりされて、いい加減、自分の名前も言い飽きた。

彼の腕にそっと自分の手を添えて、極力おしとやかに、せいぜいいいとこのご令嬢に見えるようにってがんばっているけれど、早くも心が折れてしまいそうだ。

「……楓、平気？」

「……なんとか……」

人の波がようやく切れてきて、肩の力を抜いてしまいたかったけれど、なにがあっても笑ってなきゃだめよと永峯さんに釘を刺されている為、表情は崩せない。

いつ終わるの、このパーティー。始まったばかりだというのに、もう帰りたくなっている。

やっぱりこんな華やかな場所、私には似合わないんだ。

「ごめんね、もうひと踏ん張りしてくれる？」

「え？」

急に姿勢を正した彼につられて顔を上げると、彼は前を見て会釈《えしゃく》した。

視線の先にいたのは、威厳《いげん》たっぷりに歩いてくる老紳士と気品に溢れたご婦人。

「なんだ龍之介。お前、こんな可愛い女性をどこで捕まえた」

「……会って早々、なんて言い草ですか、父さん」

「そうですよ、この方にも失礼だわ、あなた。ごめんなさいね」

「あ、いえ……」

……父さん。父さんって。

まさか、この人が会長ですか!?

いきなり正念場を迎え、私の頭は混乱の極《きわ》みだ。

ええと、まずどうするんだっけ。あ、自己紹介しなきゃ。えっ、でもこのタイミングでいいの!?

「だってなあ、お前。龍之介が、こんなまともな女性を同伴するなんて初めてじゃないか」

「まともって……」

遠慮のない会長に彼も婦人も苦笑いだ。社長、今までどんな人を連れてきてたんですか。

「ほら、紹介してくれないのか」

「そんな隙さえ与えてくれなかったのは父さんでしょう。しますよ今。こちら、麻生楓さん」

「あ、麻生楓と申します。はじめまして……」

「片倉龍一《りゅういち》と申します。はじめまして、楓さん」

「妻の鏡花《きょうか》です。よろしくね」

穏やかに微笑まれて、こっちがたじろぐ。跡取り息子が突然連れてきた得体の知れない女に、なんでこんなにこの人たちはウエルカムなんだろう。

そんなことを考えていたら、会長は直球で聞いてきた。

「さて、楓さんはうちの息子とどんな関係なのかな」

「えっ！　っと……」

ここは、友人と答えるべきか、婚約者と答えるべきか、っていうかご両親の承諾《しょうだく》を得てない婚約者ってなんなんだ。

やっぱりこの設定、無理があると思う。

「……楓は、俺が妻にしたいと望んでいる女性です。まだ、彼女に承諾はもらってませんけど」

「……!?」

「まあ、そうなの？」

「承諾をもらってないってお前。その告白自体、今初めてしたんじゃないか？　楓さんが混乱してるぞ」

混乱。ええ、してます、ものすごく。だって、友人として紹介するって言ってたじゃないか。

「今、落としてる最中なんです」

「ちょ、あの、龍之介さん……！」

彼の服を引っ張って控えめに抗議するも、彼はどこ吹く風だ。

こんなこと言って、取り返しのつかないことになったらどうする気だ。

「龍之介、大事にするつもりなら、ちょっとは彼女の気持ちを考えろ」

「考えてますよ。だけど彼女はオクテだから、少しくらい強引な方がいいんです」

「まあまあ、あなた。まだ進展中の恋なら、私達が余計なこと言わない方がいいわ。邪魔しないようにしなきゃ。ああ、ほら、向こうにまだご挨拶していない方がいらっしゃるわ。行きましょう」

「ん？　ああ、そうか」

そう言ってこの場を離れていった彼のご両親を見送った後、私は笑顔を取り払って彼を睨《にら》みつけた。

「……どういうことですか」

「なにが？」

「友人として紹介するって言ったじゃないですか！」

「婚約者とは言ってないよ」

「い、言ってないけど、でも……！」

「俺は、自分の正直な気持ちを言っただけ。嘘つきたくなかったし」

「……っ……」

ふいっと顔をそらす彼に、私は言葉に詰まってしまう。

これは、単なる婚約者のフリなんじゃなかったの？

あんなんじゃまるで、自分は本気ですって言ってるみたいじゃない。

「……少し、外の空気を吸ってきます」

「あんまり遠くに行かないようにね。永峯も連れてって」

「わかってます！」

平然としてる彼に、心底腹が立つ。

なんで私だけがこんなに振り回されなきゃいけないんだ。

そりゃ、振り回されるだけじゃなく、感謝してもしきれないこと、いっぱいしてもらってるけど。

だけど、気持ちもないのに、私と結婚したところで、なんの利益もないじゃない。

遊びたいだけなら、私じゃなくて、他の女にしてほしい。

バルコニーに出ると、少し肌寒かった。

上着くらい、もってくればよかったかも。

肌をさすりながら、空を見上げると、うっすらと星が見えた。

なんだかなぁって思う。なんで、こんな状況になってるんだろう。

ただ、桜ちゃんに元気になってほしくて、蕾と蓮を立派に育てて、あいつに謝罪させてって、それだけの為に、今までがんばってきたのに。どこからこんなややこしい状況になったんだろう。

確かに桜ちゃんは今では順調に快復に向かっている。

弟妹達の学費もろもろも、彼が出してくれたらしく、現状未納金はないし、これから発生することもないと言われた。桜ちゃんの入院費もだ。

余った分は生活費として使っていいとまで言われてる。そんなによくしてもらっても、返せるものなどないのに。

そういうの、わかってるんだろうか、あの人。

元々そういう契約だった。だからって、どうして良太のことまで、代わってくれると言ったんだろう。

そうすることによって、私になにかしらの見返りを期待しているのだろうか。でも、私にできることなんて大したことじゃない。私のなにを欲しがってるの。

そう聞けたら、どんなに楽だろう。

人の心が、見えたらいいのに。

再び見上げた夜空は先ほどとなんら変化はなかったが、何気なく腕をさすると自分の肌が驚くほど冷えていた。

もう中に入ろう。このままこうしていても風邪を引くだけだし、永峯さんになにも言わずに出てきちゃったし。

そう考えて、振り返った瞬間、ぎくりと身体が固まった。

「……よお、楓」

「なっ……！　なんで……あんたっ……！」

そこに立っていた男を見た途端、鳥肌が全身を覆《おお》った。

なんで、ここにいるの。

だって、ここは、身元の確かな人しか入れないって、永峯さん、言ってたのに。

「……うまくやったよな？　どうやって、龍に取り入ったんだよ。ああ、それとも『麻生』の名前を使ったのか？」

「……な、なに言ってんのあんた……」

「ああ、使える訳ねぇか。お前、自分の名前にどんだけ価値があるとか、知らねぇもんな。ってことは、龍が利用してるだけか？」

「良太……？　あんた、なに言ってんの……？」

目の前の男の目が常軌《じょうき》を逸《いっ》しているように感じ、恐怖に包まれる。

私の馬鹿。あれだけ、永峯さんから離れないようにって言われてたのに。

恐怖で動けなくなった身体はいくら動かそうとしても、言うことを聞いてくれない。

手をつかまれて、ひっと喉が引きつった。自然と涙が出てきた。

「お前の姉貴は入院して役に立たねぇし、俺の計画はむちゃくちゃだ」

「……な、に……どういう……」

「里香もへましやがって……。だけど、ここでお前を見つけられた。俺はまだツキに見放されてない」

「やだ、離して！」

里香って誰だ。最初の予定ってなに？　麻生の名前がなんだっていうの。

なんで私、こんな男一人、振り払えないの。

怖い。

助けて、お願い。助けて、誰か！

そのとき、脳裏《のうり》にある人の顔が浮かび、溢れ出ていた涙がほんの一瞬だけ、止まった気がした。

なんの確証もないのに、彼は助けにきてくれるんじゃないかって、そんな予感が頭をかすめていったのだ。

「――楓、なんで人の言うことを聞かないの？」

「……え……」

「うわっ……！」

身体を引かれて、バランスを崩し、その人の腕の中に倒れこんでしまう。

見上げると、眉間に深い皺を刻んだ彼が私を抱きとめていた。

叫び声をあげた良太は、永峯さんに腕をとられて、床に押しつけられていた。

24 真実

「……っ社長……？」

「全く……俺が来なかったらどうする気だったの？　永峯も連れないで……連れさられたりでもしたらどうするの？」

「す、すみません……！」

滅多《めった》に見ないしかめっ面でお説教をされ、私は首を竦《すく》めるしかない。

「俺が楓に永峯を護衛につけた意味、まるでないよね？　永峯を連れてけって言ったでしょ」

「……ご、ごめんなさい……」

なんで私、高級ホテルのバルコニーで正座させられて、怒られてるの。そりゃ、悪いのは私だけど。

確かに、心配をかけてしまったのだと思うと、とても反抗できない。

もし彼と永峯さんが来てくれなかったら、あの血走った目を向けてきた男に、なにをされていたか。そろっと視線を上げると、彼の瞳が心底呆れていて、やらかしてしまったんだと改めて思った。

ああもう、散々迷惑かけてるのに、なんで更に心配かけてるんだろうか、私。

自分の浅はかな行動に、肩を落としてしまう。

再び視線を下げると、ふわっと、温《ぬく》もりの残る上着を肩にかけられた。

「……まあ、今回は大事に至らなかったから、よかったけどさ。……風邪引くよ、ほら立って」

「あ……はい……」

手を握られて、身体を引っ張り上げられた。

視線を合わせてこない彼は、らしくなく取り乱してしまったことが恥ずかしかったらしい。

「どうします？　こいつ」

彼は、苦笑する永峯さんの方へ顔を向けた。

「中の人達はまだ外の様子に気がついてないし、事が大きくなるのも面倒だ。一室押さえてあるから、そこに連れて行って。……まだ、聞きたいこともあるしね」

「了解」

彼からホテルの部屋の鍵を受け取った永峯さんは、良太の腕を拘束したまま中に入っていく。

二人の後ろ姿を見送ってから、彼はこれ見よがしに重いため息を吐いた。

「……楓、なにか俺に聞きたいことがあるんじゃないの？」

「……あ……、えと……」

急に問いかけられて、頭が混乱した。

そりゃ、いっぱいある。

私が「麻生」の名前を利用したとか、「麻生」の名の価値とか、その他諸々《もろもろ》。

「……私は、なにも知らないの……？」

「……楓が知っているのは、良太が桜さんにしでかしたことくらい。でも、それは楓が悪い訳じゃないから」

「……なら、私は初めから、蚊帳《かや》の外ってことですか？　なにも知らないまま、悲劇のヒロイン気取ってるだけだったってことですか」

「なんで楓は、そう自分のこと卑下《ひげ》するかな。周りが自分のことを思ってやったことだって思えない？」

「だって！」

ぼろぼろとまた涙が溢れ出した。

自分がなにも知らないせいで、周りの人に被害が及んだかもしれないと思うと、泣けてくる。

結局、私がしていたことは空回《からまわ》りに過ぎなかったんだろうか。

「……いいよ、全部教えるから。部屋に行こうか」

「……っ……」

「だけど、全部聞いてから、私が悪いなんて言うなよ。自分を責めないって約束できる？」

状況がよくわからないまま、私は黙って頷《うなず》いた。

＊＊＊

彼女が自分を責めない訳がない。わかっていたけれど、言わずにはいられなかった。

たった数ヶ月間しか、彼女と過ごしていないけれど、そのまっすぐな性格ゆえ彼女が考えそうなことは手に取るようにわかる。

彼女の姉がそうであるように、楓も責任感が強い。こと家族に関しては、強すぎるほどだ。

だが、そんな彼女に惹かれた。楓が楓だったからこそ、こんなにも心を奪われたんだ。

永峯が良太を連れて行った部屋に、二人で手をつないで向かう。

一緒に移動すれば、良太が楓になにかしでかすかもしれないし、別々に移動することを選択した。けれど、それは間違いだったのかもしれない。

主に、自分の心情的な意味で。

楓には気持ちの整理をつける為の時間をあげられるからよかったのかもしれないけれど、俺は、これから全てを知る楓の気持ちを考えるだけで恐怖が募《つの》る。

情けない話、彼女に真実を聞かせるのが恐くてたまらない。

けれど、これから彼女に全てを話さないといけないのだ。楓自身の為に。

楓には全てを知る権利があるし、それを話すのは自分の義務だ。

俺のせいで、楓はこんな目に遭った。自分のせいでこんな事件に巻き込んだ。ずっと辛い思いをしてきた楓を、解放するのは自分の役目だ。

苦しみを抱えていても、ずっと前を向き、笑い続けてきた楓の重石《おもし》をとってやらなきゃいけない。

良太のことなんて忘れて、できることなら幸せな人生を歩んでほしい、それだけを望んでいたはずなのに。

今は、おこがましいことにその隣にいるのが、自分であればいいなどと思っている。

これから酷く傷つけるとわかっているくせに、そう願っている自分がおかしかった。

その傷を癒《いや》す自信もないくせに、願いはとめどなく湧き起こってくる。

永峯が良太を連れて行った部屋に近づくにつれ、酷く足取りが重くなる。

そこにたどり着けば、否応なしに楓に全てを話さなくてはいけない。

良太の目的も、なぜ自分が狙われたのかも。

――俺が、楓を利用していたことも。

傷つけてしまうことがわかっているのに、回避する術《すべ》も思いつかない。

そんなつもりはなかったとは言えない。それはもう自分でも十分すぎるほどわかっている。

彼女に嫌われない為の言い訳を考えている自分が浅ましく思える。

泣き出す彼女を想像して、自分が情けなくなった。

こんなことになるなら、自分の気持ちになんて気がつかなければよかったとさえ――

「……龍之介、さん？」

「……っ……ごめん。なんでもない」

思わず足が止まりかけたが、彼女の声で我に返った。

彼女が俺の顔色を窺《うかが》っていて、思わず苦笑してしまう。なにを今さら弱気になっているんだ。

――楓を傷つけるなという、彼女の姉に告げられた言葉が、今になって重くのしかかってくる。

傷つけるつもりはない、傷つけたくないと願っていたけれど、どうやら彼女の姉との約束は守れそうにない。

一つのドアの前で足を止めて、楓を見つめた。

「……着いたよ」

「……っ……」

今一番怖いのは俺じゃない。なにも知らない、楓だ。

このドアを開けば、彼女は全てを知ることになる。

自分の立場も、なぜ自分がこんな目に遭ったのかも。

そのことを考えて、今すぐにでも彼女をここから連れ去りたい気持ちに駆られたけれど、どうにか堪《こら》えた。

俺がドアノブを握ると、彼女の手がかすかに震えた。

大丈夫だと、彼女に伝えるように、つないだ手に力をこめた。

ゆっくりとドアを開けると、部屋の中には良太を見張るように立つ永峯の姿と、身体を拘束された従兄弟《いとこ》の姿があった。

「……覚悟はできた？　楓」

「……大丈夫」

真っ青な顔をしているくせに、芯《しん》の強い瞳で前を見つめている彼女に、愛しさが溢れる。

せめて、彼女が真実を知るその瞬間まで、傍で彼女を支えようと心に決めて、背中に手を添えた。

「……行こうか」

「……っ……」

強張った彼女の身体が少しでも緩むようにと、優しく声をかけた。

＊＊＊

「――随分《ずいぶん》見れる格好になったね、良太」

「うるせえ！」

私に向けられた怒声ではないのに、思わず肩が跳ねた。

そこには縄で手首と足首を縛られ、床に直接座らされた良太がいた。

目はいまだ血走ってはいるものの、少しは冷静になっているように見える。

社長に促《うなが》されて、良太から少し離れたソファに腰を下ろした。

社長も隣に座り、身をかがめて頬杖を付き、良太を見つめる。

「……さて、まずはなんでここにいるのか、教えてもらおうかな」

「……これは片倉の創立記念パーティーだろ。俺がいて、なにかおかしいかよ！」

「当たり前だろ。お前、一年前に家を追い出されているだろう」

「え……」

「自分の素行が悪すぎて会社をクビになって、おまけに本家にまで迷惑かけておいて、よくもまぁ、まだ片倉の人間だと言い張れるね。その神経、尊敬するよ。ある意味」

呆れたため息をついた彼に、私は二人の顔を見比べることしかできない。

そんな私に苦笑して、彼は丁寧に説明してくれた。

良太は以前、MAPLEに勤めていたらしい。

営業部に配属されて、しばらくは大人しくしていたものの、良太は、取引先から多大なリベートをもらっていた。おまけに自分から率先してそれを取引先にもちかけたのだという。

そのことが社長である彼の耳に入ってくるまで、大して時間はかからなかった。

もちろん、そんな話を見て見ぬフリはできず、即刻解雇《かいこ》。

社内には龍之介さん直属の社員が何人もいて、社内の不正に気がついて、前もって対処することができたらしい。営業部の部長の村松さんや、永峯さんも社長の息のかかった人なんだそうだ。

あのなにかとおちゃめな部長が実は社内監査の役目を担《にな》っていたなんて、驚いて開いた口が塞《ふさ》がらない。

永峯さんにしてもそうだ。てっきり私の護衛の為に会社に戻ってきたのだとばかり思っていたけれど、それだけではなかったらしい。

そして、息子の悪事を知った良太の両親は、彼をもう自分の子ではないと勘当《かんどう》したそうだ。

良太の家の事情はよく知らないけれど、本家に目をつけられるのはごめんだということらしい。

だが、良太はそんなことで改心する訳もなく、むしろ、逆恨《さかうら》みと言ってもいいような感情を原動力に、今度はあろうことか社長に仕返しを企《くわだ》てていたらしい。

私が良太と出会ったのは、その後のことだ。

つまり、経歴も詐称《さしょう》してあの会社に入社していた。

「……俺が楓を知ってた理由は、こいつから話を聞いてたからじゃないんだ。良太の動向を調べていくうちに、君を知った。……こいつが、君を利用しようとしてることも、そのときに気づいた」

「……」

それが、果たしていいことなのか、悪いことなのか、判断できない。

「良太が欲しかったのは、君の名前に集まってくるであろう、権力者との関係だよ」

「……は？」

「これは桜さんが時期をみて君に話すって言ってたんだけどね。楓は今、知りたいんでしょう？」

苦笑しつつ、私に問いかけてきた彼に素直に頷《うなず》いた。だってこのままじゃ、私は全貌《ぜんぼう》がわからない。

「楓、君のご両親が大企業の総帥《そうすい》の血縁だって知ってた？」

「……え？」

「麻生グループ総帥の、二番目の息子が君のお父さん。お母さんは由緒《ゆいしょ》正しきお家柄のご令嬢」

「は？　え？　は!?」

そりゃ、確かに、そこいらの家よりかはいい生活してるんだろうなぁとは、ちょっと思ってた。だけど、そんなの一度も聞いたことない。第一、お父さんもお母さんも、そこらへんにいるようなサラリーマンと専業主婦だった。

大体、麻生グループっていえば、すごい有名な大企業だ。そんな所とつながりがあるなんて思ったこともない。

「駆け落ち同然で結婚したらしいよ。だからあまり麻生の家と関わりはなかったみたい。バイタリティーのあるご両親だったんだね」

彼は苦笑しているけれど、私は開いた口が塞《ふさ》がらない。

当たり前だ。いきなり、君はいいところのお嬢さんですなんて言われたって、信じろという方が無理である。

大体、なんでそんな重要なこと、私が知らないんだ。

「そうそう、楓のご両親はしばらく麻生との関わりなく暮らしていたみたいだけど、最近では社長が代替わりして勘当《かんどう》も解けて、亡くなる前にはご実家とも関係を修復しつつあったらしいけどね」

「……嘘……」

「まあ信じられないのも無理はないけど。ここからは、桜さんから聞いた話。嘘か本当かは、桜さんに確かめてくれていいよ。……ご両親が亡くなられて財産をだましとられたとき、桜さんは麻生の名前にまつわる一切のことを君達に教えるのはやめようと思ったんだって」

「なんで……」

「本人が望む、望まないにかかわらず、有名な名前はそれだけで厄介事を運んでくるから、まだ社会に出たばかりの自分じゃ君達を守ることはできない。だからといって、君達を守る責務を、長女である自分が放り出す訳にもいかない。詐欺《さぎ》のことは伯父さんがどうにか助けてくれたけれど、今後自分達になにがあるかわからない。それなら、なにも知らないまま、ごく普通に育った方がいい。全てを教えるのは大人になってからでも遅くないって」

「……っ……」

やっぱり詐欺だったんだ。そうだよね、あの厳格なお父さんとお母さんが、人から借りたお金を返さないはずがないもの。

「現に、当時楓は高校生で、蕾ちゃんや蓮君にいたってはまだ小学生だった。桜さんは社会人一年目。詐欺の件が大事《おおごと》になる前に伯父さんが気づいて助けてくれたけど、一時期でも借金を背負ってしまったのは、自分のせいだって悔《く》やんでた」

「……一時期？　え」

「ああ、そのときの借金は麻生の本家が肩代わりしてくれたんだって言ってたよ。今、君達に借金はないはずだ」

知らされた事実に、私の頭の中はすでにキャパオーバーだ。

桜ちゃんが、一人でそんな重荷を背負っていたなんて知らなかった。借金がないことも驚いたが、桜ちゃんが一人で背負ってくれていた「名前」のこともその重みも、知ろうともしてなかった。

私はなにをしていたんだろう、今まで。

「まぁ、そんな風にして、しばらくは四人で助け合って、やっと楓が就職して、なんとか一人は無事に社会に送り出せた。安心していたそんな矢先、良太が桜さんに近づいたんだよ」

そう言って、良太に鋭い視線を投げた彼の目が、怒りに満ちていて、私の背筋に寒気が走った。

25　悲しい口づけ

良太の最初の標的は、私だった。

けれど桜ちゃんと知り合ったことにより、第一の標的を長女である彼女に変えたらしい。

初めは友好的な関係を築いて、取り入ろうとしていたようだけど、身持ちの堅い桜ちゃんに焦《じ》れて、強硬手段に出たようだ。

そのとき、「麻生の名前がほしいだけ」と、私達姉妹に近づいた理由についても種明かししたらしい。

それを聞いた桜ちゃんは、自分の身に迫る危険も顧《かえり》みず、良太にこう告げたそうだ。

――楓はなにも知らない。自分の家のことも、自分の身分のことも。楓を利用することはできない。

そう言うと、良太は「じゃあ、あんたなら利用価値がある訳だ」と、桜ちゃんを押し倒した。

桜ちゃんは必死に抵抗し、けれどもう限界だと諦めかけたとき――

蕾と蓮が帰宅し、最悪の事態は免《まぬが》れたのだという。

以後、桜ちゃんが良太に襲われることはなかった。なぜなら、危機感を抱いた蓮が厳しく監視の目を光らせていたからだ。蓮が一緒にいないときには、桜ちゃんの友人らしき人物が常に周りにいて邪魔だった、とも言っていた。

それからしばらくして、桜ちゃんは入院してしまい、二人きりになれる機会がなくなった。桜ちゃんをおびき出す餌として、私に接触してきたのだという。

良太にされた酷い仕打ちを胸に抱えながらも、きょうだいのために気丈に振舞っていた桜ちゃん。でも、無理がたたって、ついに倒れてしまった。

桜ちゃんの苦痛を考えると、涙が止まらなかった。

一言でも、私に言ってくれたらよかったのに。桜ちゃんが一人で苦しむ必要なんかなかったのに。私がまだまだ子供で、頼りなかったのだと、そうわかっていても、その苦しみをわけてほしかった。相談してほしかった。

両手で顔を覆《おお》って、無力さを嘆《なげ》くしかない自分が悔しい。

こんな男に、いいように考えられていたことも悔しくて仕方がない。

そんな私の頭を優しくなでてくれる彼の掌《てのひら》が温《あたた》かくて、次第に気持ちが落ち着いてきた。

まだ涙の残る顔で彼を見つめると、なぜか苦笑されて、眦《まなじり》に残る涙を丁寧に指先で拭《ぬぐ》い取られる。

「……楓のおかげだよ。やっと、こいつらの尻尾《しっぽ》を捕まえられた。川村里香。覚えてるよね、もちろん」

「……え？」

その名前にあっと小さく声を上げた。

それは、つい数ヶ月前まで、秘書室の副室長をしていて、私の髪の毛を乱暴に切った人。今は、支社へ飛ばされてしまった。

「……こいつは川村を使って、社外秘の資料を盗ませたんだ。大方、自分に協力すれば俺との仲を取りもつとでも彼女に言ったんじゃないかなぁ。それなのに、婚約者として楓が出てきたから、川村は混乱して、良太と接触をはかったんだ」

社長は私をおもちゃのように振り回している間に、裏で良太の動向を探っていたなんて。

「楓を自社に採用したのは、いまだ楓の周りをうろつく、こいつの存在に気がついたから。自分の手元に置いて守りたかったんだ。けど、桜さんのことは、気づけなかった。……本当にごめん」

彼が謝ることじゃない。彼に非《ひ》はない。私を守ってくれていたのだ。それなのに、心は晴れなくて、複雑な気持ちで彼の謝罪を受け止めた。

「……良太を告発する準備ができた矢先に、これだ。後がなくなったこいつが、なにかするだろうとは思っていたけど、まさかこのパーティーに潜り込むなんてね」

苦々しい顔をして、疲れたため息を漏《も》らす彼に、ずっと黙り込んでいた良太が面白そうに声をかけた。

「はっ、よく言うぜ。お前だって、麻生とのつながりが欲しかったんだろ。あの指輪まで楓にやって取り入ろうとしたくせに、自分だけ偽善者ぶるんじゃねぇよ」

「……」

「……龍之介さん？」

「楓、よく聞けよ。こいつはお前のこと利用してたんだ！」

「……っ……」

その言葉に、救いを求めるように彼を見つめたけれど、ただ、悲しそうな顔で笑っただけで、なにも言ってくれなかった。

「そうだよなぁ？　いくら一般人だっつっても楓は麻生の人間だ。楓との縁組を麻生の本家が認めりゃ、片倉にだって利益はある。それも莫大《ばくだい》な！」

「……っ……ち、ちが、違いますよね……？」

「――言い訳はしない。楓を利用させてもらったのは事実だから。……ごめんね」

なにかが崩れていくような気がした。

こんな風に思うなんて、無意識のうちに、私は彼を信頼してたのか。そうじゃなければ、私は今、こんなにも孤独を感じてない。

私になにを求めてるの。

なにを期待してるの。

そう自分に問いかけたのは、ついさっき。そして、もっとも最悪な答えが返ってきて、無意識のうちに、涙が頬を伝った。

ひどい、そう怒ってやりたいのに。なんで涙がとまらないの。

私は、怒るべきなのに、彼に裏切られた事実が悲しくて、そんな気も起きない。

最初から、契約で結ばれていた関係だ。こんなにショックを受けることもないはずなのに。

そう言い聞かせてみても、私の心は納得してくれない。

彼が私に、優しくしてくれたのは、私の名前を利用したかっただけ。

私自身を欲しがってくれていた訳じゃない。

こんな名前、いらない。

自分が聞きたいと望んだことなのに、こんな事実なら、聞かなければよかったと思った。こんなに傷つくなら、聞きたくなかった。

「……婚約者のフリも、川村がいなくなったからする必要ないし、良太の件も俺が処理する。だから、……契約は、これで終わり。楓はもうあの家には帰らなくていい」

それだけ言うと、彼は私の頬に手を添えた。そして静かに重なった唇は、少し震えていた。

淡々と告げられた言葉は、なぜか他人事《ひとごと》のように思えた。

終わりだと言うなら、なんでキスなんかするの？

なんで、あなたがそんなに泣きそうな顔をするの？

最後にこんな悲しいキスをするくらいなら、突き放してくれたらよかったのに。

私の意識は、そこで途絶えた。

＊＊＊

「……」

意識を失《な》くし、ぐったりした彼女の身体を抱いたまま、胸に走る痛みに顔をしかめる。

自業自得だ。こういう結果になることは重々承知していた。彼女に惹かれた自分がいかに滑稽《こっけい》だったかも。

「……ふんっ、ざまあねえな、龍」

「……なにが？」

「昔からだ。昔からお前は俺の欲しいもんを全部もっていきやがった。片倉の跡継ぎも、親類の賞賛も！　俺はお前と比べられて、どんだけ悔しかったか！」

「……それこそお前の自業自得だろ？　自分の素行の悪さが原因だとは考えられないのか、その頭は」

「うるせえ！　お前さえいなければ、今頃その地位にいたのは俺だったんだ！」

「その自信はどっからくるの？　俺、本気で理解できないんだけど」

呆れて、ため息を一つ零《こぼ》す。彼女の身体をそっとソファに横たえてから、いまだ拘束されているその男の前にしゃがみこんだ。

「……お前が、家庭内でのけ者にされていたのは薄々気づいてた。だけど、楓を巻き込むことはなかったんじゃないの？」

「はっ！　俺にとったら女なんか、のし上がる為の道具にすぎねぇよ。麻生の女はその中でも上等だ。俺が麻生家の人間になれりゃ、お前より優位に立てる。お前が楓の利用価値に気づいたように、俺もそれに気がついた。それだけの話だろ」

「へぇ？　その割には手抜かりが多くて、全然取り入れてないじゃないか」

「……っ……」

図星を指されて、怒りで頬を紅潮《こうちょう》させた良太の顔を見て、少しだけ溜飲《りゅういん》が下がる。

「……っ！　よくそんな口たたいてられるな、楓に惚《ほ》れてるくせによ！」

「……だから？」

「残念だったな！　楓はお前のもんにはなんねぇよ。お前は、俺の従兄弟《いとこ》だ」

寒気すら走るその歪《ゆが》んだ笑顔に、思わず襟首《えりくび》をつかんで、良太を壁に押しつけた。

「……あぁ、本気で恨《うら》めしいよ。自分の血筋が」

「……っ……」

「お前と従兄弟じゃなければよかったのにって、何度考えたかわかんないくらいだ。彼女を傷つけたい訳じゃないのに……っ！」

「……くっ……」

「自分がめちゃくちゃ情けねぇよ！」

思い切り殴り飛ばした良太の身体は、大きく跳ねた。

濃い赤がじんわりと手の甲を伝って床に落ちる。

「……連れて行け」

「――了解」

永峯が良太を連れて部屋を出ていったのを確認してから、深いため息を零した。

今まで、こんなにも自分の生まれを憎んだことなどない。

ただ普通の男と女で生まれて出会ったのであれば、今こんな風に胸をしめつけられることもなかったのに。

ソファで眠る彼女の頬に手を滑《すべ》らせて、優しく口づける。

もう何度目になるかわからないキスは、涙の味がした。

永峯に楓を彼女の実家まで送らせて、やっと良太を警察にぶちこんで、一区切りついた。

それなのに、この気持ちはなんなのか。初めから、自分の傍に、と望んでいい子じゃないと、わかっていたはずだ。

「……」

パーティーから数日。俺は静まり返った社長室で一人、ボールペンを回しながら窓の外を見つめていた。

そこにはいつもと変わらない景色が広がっている。唯一変わったのは、自分の気持ちだけ。

彼女を実家に帰してから、そう日も経っていないというのに。

こんなにも毎日が味気なくなるなんて、全く想像してなかった。

確かに最初は、罪悪感からだった。これ以上自分の家のごたごたに彼女や、彼女のきょうだいを巻き込む訳にはいかないと、自分の手元に引き寄せた。

ただそれだけだったのに、いつの間にか世界で一番大事な女性になっていた。

彼女に許してくれなどと言える立場ではないことはわかっている。

「……まさかね……」

恋愛なんて何度もしてきた。それなりに経験も積んできたつもりなのに、彼女には全く通用しない。

目をきつく閉じて、深いため息をついた。

「社長、今よろしいですか？」

「……入れ」

覇気《はき》のない声で答えると、間を置かずに扉が開いて、幼馴染《おさななじみ》が顔を出した。

「やだ、なにその顔」

「……からかいに来ただけなら帰ってくれる？　悪いけど、お前のタチの悪い冗談に乗ってる余裕ないんだ」

「あら、随分《ずいぶん》なお言葉ですね。……ったく、情けないったらありゃしないわね、王子」

「……なにが言いたい？」

「いつもなら、欲しいものは欲しい。そう言って実行する方でしょう、あなたは」

「……？」

　永峯の視線はやけに挑発的で、訳もなく苛立ちが募《つの》る。

「……麻生さんを傷つけたと悔《く》いているなら、責任をとるべきなんじゃないんですか、社長」

「……？」

「欲しいなら、つべこべ言わずに掻《か》っ攫《さら》ってこいと申し上げているんですけどね？」

「……っ……」

「いつものあなたなら、そうするかと」

「……本当、お前いい性格してるよな」

「王子ほどじゃありませんよ」

　心底楽しそうな顔をする幼馴染に苦笑が漏《も》れる。

　椅子から立ち上がって、身体を伸ばした。

——会いに行くか、自分から。

謝っても許してもらえないことはわかってる。

だが、なにもしないままあきらめるのは、確かに俺らしくない。

顔を上げて、社長室を後にした。

26　自覚

「……楓、楓ったら！」

「っ、なに⁉」

「なにじゃないわよもう。ほら、そこ掃除するから、あっちへ行ってて」

桜ちゃんにソファから追いやられて、しぶしぶ自分の部屋に戻る。

そこには、彼の部屋から運ばれた私の荷物が、そっくりそのまま置かれていた。

なにもしていないはずなのに、身体が酷く疲れていて、私はベッドにごろんと寝そべって目を瞑《つむ》った。

会社は、自己都合退職扱いになったのだと知ったのは、功労金を振り込んだという永峯さんからの電話をもらったからだ。

それからしばらくして、桜ちゃんは退院した。今ではすっかり元気になっている。桜ちゃんが入院する前にお世話になっていた職場は、事情が事情なので辞めざるをえず、伯父に相談したところ、麻生の系列会社に雇ってもらえることになった。彼女は楽しそうに働いている。

桜ちゃんが退院してから、彼に全てを聞いたことを伝えると、桜ちゃんは「ごめんね」と謝っていた。けれど、私がその謝罪を受けるのは間違っている。

桜ちゃんと相談した上で、蕾と蓮にも全てを話して、伯父に会いに行った。

やっと気兼ねなく会えるようになったと伯父は喜んでくれて、私にも職場を紹介すると言ってくれたけれど、私はそれを丁重《ていちょう》に断った。

自分の名前にどんな意味があるのか理解はしたけれど、とてもじゃないが今はその名前に頼る気にはなれない。

自分の気持ちがよくわからないのだ。なんでこんなに無気力になっているのかも、なんでこんなに自分が傷ついているのかも。

あの日、パーティー会場で意識を失い、目が覚めると私は実家にいた。蕾と蓮も、一緒に戻ってきていた。

実家に戻る理由として、永峯さんは二人に「契約が終わったから」と説明したらしい。

深い理由は聞いてはいけないような気がしたから、聞かなかったと、二人は言っていたけれど、大方の事情はわかっていると思う。

ゆっくりと目を開けて、見慣れた天井を見つめる。思い浮かぶのはあの酷く傷ついた彼の顔。

なんで、最後にあんな顔したんだろう。いつもはふてぶてしいくらいなのに。

「……指輪……返しそびれちゃったなぁ……」

指輪は、なんとなく、はずすことができないでいる。

これをはずしたら、彼とのつながりが完全に切れてしまう気がしてはずせないのだ。

今さら、彼とのつながりを惜しむなんてどうかしてる。本当に。

最初はいけ好かない、性格の最悪な人だって思っていたのに、思い出すのは、私の作った食事をおいしそうに食べる姿や、テレビを見て無邪気に笑う姿。寝ぼけ眼《まなこ》で新聞を読んでいる姿とか、そんなたわいのないものばかり。

最初はいやいやだったけど、ときが経つにつれて、あの生活が心地よくなっていた。

「楓、掃除が終わったから、おやつにしない？」

「桜ちゃん……」

控えめなノックの後、姉がドアから顔を出し、私は身体を起こした。

いまだに前向きになれない自分が情けなかったけれど、桜ちゃんの誘いを無下にすることもできない。

「伯父さんがねー、おいしいクッキーをくれたの。蕾も蓮も遊びに行っちゃったし、二人で食べちゃおう」

「……二人とも、またすねちゃうよ。桜ちゃん」

嬉々としてクッキーの箱を取り出してきた姉に苦笑して、一緒にお茶の準備をする。

コーヒーが入ったところで、二人でリビングのテーブルに座った。

「……ねーえ、楓」

「うん？」

「私これでもさ、楓のお姉ちゃんだから、たまにはお姉ちゃんらしいこと言おうかなって思うんだけど、どうかな？」

「どうかなって、え？　な、なにを？」

姉の言葉の意味がわからず、戸惑う。

「なにもしないで後悔するより、相手の本心を聞きに行くのもテだと思うのよ」

「……？」

「楓、彼のことが気になって仕方ないんでしょう？」

にっこり笑った姉に、図星を指され、返す言葉が見つからなかった。

「私は楓を傷つけるだけなら、彼に今すぐ身を引いてって言うつもりだったけど、そうしなかったのは信用できるだけの理由があったからよ」

「……桜ちゃん……」

「でも、彼の本心を私が楓に話すのは間違っていると思うの。楓が知りたいなら、本人に聞いてみたら？」

クッキーを口に入れながらそう言った姉の言葉に、心臓がうるさいほど高鳴った。

私が聞くべきことって、なんなんだ。

そして、桜ちゃんが彼を信用する理由って、なに？

「お姉ちゃんとしてはね、妹がずっと恋煩《わずら》いしてる姿なんて、見てられないの。可愛いけどね」

「は!?　なっ、なに、恋煩いって!!」

「あら違うの？　てっきり、好きな人に利用されてたのが悲しいんだと思ってたけど」

「なっ……!!」

誰が誰を好きなんだ！　なにその間違った解釈！

顔を真っ赤にして、なにも言えない私を、桜ちゃんは楽しそうに見つめている。

「ねぇ楓、恋愛ってね、ときには素直に認めることも大切なのよ？」

「っ！」

「いいじゃないの、利用されてたって別に。利用されたって、好きなら好きでぶつかっていったらいいんじゃないかって、お姉ちゃんは思うなぁ」

「桜ちゃん!!」

桜ちゃんはニコニコと笑っていて、私は反論できない。

大体、なんで私があの人を好きだとか、そんな解釈をするのか、ありえない。あんな、人で遊ぶことしか考えてないような人。

そりゃ、かっこいいし、頼りになるところもあるし、優しいところもあるけど。けど！

頭に浮かぶ彼の笑顔を必死でかき消した。

「本当、素直じゃないのねぇ」

「うっ、うるさいな!!」

このままここにいてもからかわれるだけだ、もう部屋に閉じこもってしまおうと腰を上げたとき、大きな物音を立てて、玄関から血相を変えた弟妹達が駆け込んできた。

「たっ、大変、大変だよ、かえちゃん！」

「なに二人ともそんなに焦《あせ》って……」

「どうしたの？」

「わっ、まだパジャマなんて着てるの!?　早く着替えてよ！」

「えっなに、なんなの急に！　着替えるってなに!?」

「いいから！　いいから！　早く」

「わかったわよ、も〜」

二人は私を部屋に押し込んで、着替えさせる。

結局なにが大変なのか、聞きそびれてしまった。

仕方なくワンピースに着替えて下に降りていくと、焦《じ》れた弟と妹が私の手をつかんで外に出るよう急かしてくる。なんだというんだ一体。

玄関を出た私は弟妹を問い詰めた。

「ちょっと！　なんなのもう!!」

「なんなのじゃないよ！　片倉さん！　事故って怪我したって!!」

「……は？」

「生死の境をさまよってるって！　ずっと、かえちゃんの名前を呼んでるって！　永峯さんがそう言ってた!!」

「……な……に……」

身体から血の気が引いていく。

誰かが死んでしまうなんてこと、もう二度と経験したくない。彼がいなくなってしまうかもしれないと聞いただけで、身体が震える。

待って。なんでこんな急に、私まだ、なにも聞いてない。なにも伝えてない。ありが

とうも、ごめんなさいも、

——私の気持ちも。

気がつくと私は、二人の手を振りほどいて病院へ走り出していた。

やだ、待って。お願い、お願いだから、私が行くまで待って。

お願い、神様。彼を連れて行かないで。

そう祈りながら、必死で走った。

お願い。私、また、彼に会いたい。

彼の話を聞きたいの。だから、逝《い》かないで。

角を曲がると同時に、どんっと身体に衝撃が走った。後ろに倒れそうになる身体を、誰かに支えられる。

「——すみません、俺、前を見てなくて」

「……え……」

「……なんてね。そんなに急いでどこ行くの？　お嬢さん」

どこかで似たような状況にあった気がするなんて、頭の片隅で考えた。

27　気持ち

「……楓？」

「……しゃ、ちょう……？」

「もう楓の社長じゃないんだけどな。龍之介って、呼びたくないほど、俺のこと嫌いになっちゃった？」

能天気なことを口にする彼の表情は、どこか寂しげで胸が痛む。

こんな顔させているのが自分だと思うと、なおさら痛い。いや、今はそれよりも。

「……な、なんで、ここに、いるの……？」

「……楓に会いたくて」

「そうじゃなくて！　……じ、事故にあったって……生死の境をさまよってるって……！」

「は？　なにそれ？」

私の言葉に彼も首を傾《かし》げて、それからすぐに思い当たることがあったらしく、腰を折って笑った。

「……俺が、楓にどうしても会いたいって言ったら、蕾ちゃんと蓮君が無理やりでも連れてくるって言ってくれて。だから、ここで待ってた。楓は本当、愛されてるよね」

「はあ!?」

あいつら！

今頃、絶対舌を出して笑っている。

人が悔しがっている間に、彼はなんのお構いもなしに私の身体に腕を回し、抱きしめてきた。

「ちょっ……！」

「……俺が、死ぬかもしれないって聞いて、走ってきてくれたの？」

「そっ……そ、それは……！」

改めて聞かれると、とんでもなく恥ずかしくなってくる。

なにも聞かずに、家から一番近い病院へ向かっていたけど、そこに彼がいるなんて一言も聞いてない。

「楓、答えて。俺の為に、俺に会いに行こうとして、走ってきてくれたの？　俺に会いたいって少しでも思ってくれた？」

「……うう……」

顔が熱い。

どうしよう。強制的に自分の気持ちを自覚させられ、彼の顔が見られなくなる。うれしそうに囁いてくる声に酷く腹が立つ。なんでこの人こんなに余裕なの！

「もう知らない！　放して!!」

「やだよ、せっかく捕まえたのに」

「意味わかんない!!　大体！　どの面《つら》下げて会いたいなんて言えるのよ!!」

いくら暴《あば》れても外れる気配のない腕をたたきつつ、苦し紛《まぎ》れにそう言うと、振り回していた手をつかまれた。

驚いて顔を上げると、やけに真剣な眼差しを向けられて、途端に動けなくなった。

「――好きだから」

「……え……」

「諦めるなんて、無理だって気づいた。楓が傍にいないと、なにもかも味気なくて。嫌われててもいい。とにかく楓に傍にいて欲しいって思ったから、会いに来た」

「……っ……」

「楓に近づいたのは、最初は片倉家の騒動に巻き込んだ、罪滅ぼしのつもりだった。けど、今はもう、独占欲だけだ。楓を誰にも渡したくない」

ぎゅうっと、骨が軋《きし》みそうなくらい、強く抱きしめられて、溢れ出る涙を堪《こら》え切れなかった。

知らない。こんな気持ち、知らない。こんなにうれしい気持ちは。

「……りゅ、のすけ、さん……っ……！」

「……だましてて、ごめんね。利用してごめん。全部話すから、聞いてくれる？」

「……っ……っ……！」

涙を拭《ぬぐ》うように眦《まなじり》に口づけを落とされて、声を出す代わりにただ頷《うなず》いた。

ふいに彼の左手に巻かれた包帯に気がついて、その手をつかむ。

「これ……なに？　怪我……？」

「……あぁ、違う。これは、……ちょっと。そんな大怪我じゃないよ、心配しなくていい」

苦笑した彼は、近くに停まっていた車に向かって私の手を引いた。

中には永峯さんが乗っていて、久しぶりと笑って声をかけてくれた。

優しく促《うなが》されて、後部座席に座ると、ぴったりとくっつくように彼が乗り込んできて、

「見苦しい」と永峯さんに突っ込まれていた。

車が停まった場所は、数ヶ月間、彼と一緒に過ごしたマンションの前。永峯さんは私達を降ろすと、走り去ってしまった。エレベーターに乗り、その玄関の前につくと、彼が私に「開けて」とただ一言そう言った。

少しだけ緊張したけれど、小さく深呼吸してから、玄関を開ける。

彼と二人で中に入って、その部屋をチラリと見やると、私が使っていた部屋はがらんとしていた。

「おいで」と声をかけられてリビングに入ると、ソファに腰を下ろしている彼の横に座らされた。

頭を抱き寄せられて、ほっと安心したようなため息が聞こえたかと思うと、彼が優しく笑って、私にキスをした。

「……ずっと、君を見てたんだよ。本当は」

「え？」

「……調査資料で楓のことを知ってから、前の会社まで見に行ったこともある」

まるでストーカーだよ、と彼は自嘲《じちょう》した。

「調査資料にはもちろん、楓が麻生の縁者だってことも書いてあった。両親が亡くなって、詐欺《さぎ》にまであってて、家族を養う為に働きづめになってるのに、なんであんなに明るく笑えるんだろうって思ってた」

「……」

「考えたら、最初からかもね」

「なにが？」

「最初から、楓が欲しかったのかもしれないってこと。楓がうちの会社に面接に来たあの日も、仕事に行く前に楓に会いに行こうとしてたんだ。どうしても話してみたくて。楓の目に留まるように、社名まで変えて、俺のところに来るようにって切望してた気がする。MAPLE の言葉の意味、楓だって、知ってた？」

ごめんなさい、知りませんでした、とか言ったら、私はただの空気読めない子ですよね、これ。

申し訳ないけれど、MAPLE に応募したのだって、条件がよかったからで、社名なんて気にしてなかった。

だが、その私の微妙な顔で彼は察したらしい。苦笑して、私の頭をなでる。

「……その指輪も、楓のことを考えて作らせた。話したこともないのにね。馬鹿みたいだろ？」

「……っ……」

「それ、返さないでくれるとありがたいんだけど。正直、今まだつけてくれてるのを見て、俺、舞い上がりそうなほどうれしいから」

「……だって、……私、この指輪をはずしたら、龍之介さんとのつながりがなくなっちゃう気がして……」

「……うん」

私の耳元に口づけてくる彼の唇は少し震えていた。

彼の胸に顔を押しつけて、心音に耳をすますと、少し速い。

彼も緊張してるのかもしれない。

「……何度も言い聞かせたよ、自分に。この子には手を出しちゃだめだって。無駄だったけど」

耳に、頬に、首筋に、音を立てて口づけを落とされて、その甘い感覚に、身体が震える。

唇にキスをされたせいで、問いかけようとした言葉を呑み込んでしまった。

「……ずっと君が欲しかった。俺から離れないようにしたくて」

「……っ……」

「好きだよ、楓」

「……龍之介さん……っ……！」

「もう限界。抱かせて。心も身体も俺のものになって」

「んぅっ！」

荒々しく絡められた舌が熱くて、耐えるように彼の服を握りしめた。

「……楓、初めてだよね？」

「っだ、だって……！」

こんな風に誰かと両思いになったことなど、今までなかった。

これほど求められたのも、彼が初めてで。

うれしいけれど、正直どうすればいいか全くわからない。

顔を真っ赤にして、それ以上なにも言えないでいる私に、なにを思ったのか彼はうれしそうに笑って、私の身体を抱き上げた。

「うあああっ！」

「ベッドに行こうか。初めてがソファなんて嫌でしょう？」

「なんで、そういう言い方するの！」

「恥ずかしがってる楓が見たいから」

「変態!!」

「いいよ、それでも。楓にだけだし」

「馬鹿じゃないの！　馬鹿！　変態！」

彼はまるで重さを感じていないかのように、私を抱えたまま、すたすたと歩き、寝室のドアを開けた。

初めて見る彼の寝室に、心臓が高鳴る。

少し乱れている上掛け。そしてサイドボードに積まれている何冊かの書籍。

そこで彼が寝起きしていることが、リアルに伝わってくる。

一緒に生活しているときも、足を踏み入れてはいけない空間のような気がして、入ったことはなかった。彼の匂いが充満していて、無性に恥ずかしくなる。

なにも言えずに黙っていると、壊れ物でも扱うかのように、優しくベッドの上に降ろされた。

「……優しくできなかったら、ごめんね」

「……あの、そこ、普通優しくするとかじゃないんですか……」

「そんなの余裕がある男が言うことだよ。俺、今そんな余裕ないもん。楓に触れるってだけで馬鹿みたいに浮かれてるのに」

ちゅっと音を立ててキスをされて、彼の唇の熱さに、身体が跳ねた。

「――可愛すぎて、優しくしたくても、できそうにない」

「……ふ……っ！」

熱い舌に翻弄《ほんろう》されて、私は彼の身体にしがみつくことしかできなくなった。

28　ぬくもり

色香漂う水音が部屋に響く。

私を翻弄する彼の舌にどうやって応えればいいかまごついている間に、服は脱がされていた。

なんたる早業《はやわざ》だと、自分がおかれてる状況はそんな場合じゃないのに、ついつい、感心してしまった。

だけどそんなことを考えられたのはそこまでだった。

彼の大きな掌《てのひら》で胸を包まれて、恐怖で身体が震える。

大丈夫だから、となだめるようなキスを繰り返されただけで、息が乱れた。

「……ぁ……っ」

「……声、我慢しないで欲しいなぁ」

「や……っあっ……！」

無理、恥ずかしい、こんなの自分の声じゃない！

胸をいじられて、声が零《こぼ》れそうになるのを必死で堪《こら》える。それが面白くないのか、彼はそこを執拗《しつよう》に攻め立てる。

いくら我慢したところで、経験値は彼の方が上。胸の頂《いただき》を口に含まれて、私はあっけなく噛みしめていた唇を開いてしまう。

「あ、っん……！　んんっ！」

途端に響き始める自分の甘い声に、羞恥《しゅうち》で顔が赤く染まった。

「……」

ぴちゃぴちゃと響く音が恥ずかしくて、耳を塞《ふさ》ぎたくなる。けれど、跳ねる身体を押さえる為に両手で必死にシーツを握りしめてるから、それもできない。

ならば離せばいいのだろうけれど、身体を走る感覚になにかに縋《すが》っていないと呑み込まれてしまいそうで怖かったのだ。

「あ……は……ん……っ」

「もっと……。声出して」

「ん……っ」

深いキスに集中しようとしても、頂を指でつままれて、意識がそっちにいってしまう。

やだ、もう。私、初めてなのに気持ちいいと感じるなんて。

胸をやわやわと揉みしだかれ、口からくぐもった声が零《こぼ》れ落ちた。

「は、ふ、あっ、も、ちょ、まって……！」

「なんで？」

「やあっ……私、変な顔してるから……っ！」

「どこが変？　俺には可愛くしか見えないんだけど」

眼科行って来い馬鹿！　そう言いたいのに再び頂を舌で舐められて声を上げてしまう。

初めてなのに、こんなに気持ちいいと感じるなんて、やめて欲しくないって思ってるなんて、私絶対どっかおかしい。

堪《こら》え切れない快感のせいで身体が震える。

彼の手と舌が胸の頂を嬲《なぶ》り続けているのに気をとられていて、もう一方の手がするすると肌を滑《すべ》り、秘められた場所に近づいているのに気がつかなかった。

はっと意識が向いたときには、時既に遅し。

「あっや、だめっ……！」

「胸だけなのに、すごいね。ほら、この音聞こえる？」

「や、あ、ああっ！」

ただそこをなでているだけなのに。響く水音が、私が喜んでいることを彼に教えている。

時折、指で敏感な粒を掠《かす》められて、私はなにがなんだかわからなくなった。

彼は口を胸から外し、ゆっくりとした動作で自分の身体を下へずらしていく。荒い息をしつつ、彼の動きを見ていると、いきなりそこに顔を埋《うず》められて、ぬめる舌が這《は》った。

背中が反《そ》る。

「あっはっな、にああっやぁん！」

「……本当、可愛いね。想像してたより、くるなぁ……」

熱い息が直接そこにかかる。

敏感になった身体には、それすらも快感へと変わってしまう。

そこでしゃべらないでと言おうとするのに、うまく言葉を紡《つむ》げない。

ゆっくりと舌で舐め上げられて、身体の震えが止まらない。

自分の口から零《こぼ》れ落ちる声が恥ずかしい。

響く水音に羞恥心《しゅうちしん》を掻《か》き立てられて、彼の頭をそこから離そうとしても、次々に襲ってくる甘い感覚のせいで力が入らず、結局彼の頭を抱え込んでしまう。

頭の中がかすんできたとき、彼の舌がようやくそこから離れた。

ほっとしたのも束の間、彼の指がつっとそこをなで、すでに零れていたそこに、蜜がさらに滲《にじ》んだのを感じた。

「……指、入れるね」

「う……やっ……ぁ！」

「痛い？」

その問いかけに首を振った。

痛くはないけど、妙な圧迫感はある。でも、堪《こら》えきれないほどではない。

しばらくは慣らすようにゆっくりと動いていた彼の指が、私の呼吸が落ち着いてきたのを見計らって、大胆に動き始めて、呼吸がまた乱れてしまう。

「……っあ、も、ああ……っ！」

「すっげぇぬるぬる……。気持ちいい？」

「知らないっ、あっ……！」

彼の声も荒い。興奮してくれてるんだろうか。変な声しか上げられていないのに。

口を押さえようとすると、すぐに気づいた彼に手をはずされた。

「だめだって、聞かせて。可愛いんだから」

「あっ、ばかあ！　ひぅ……っ！」

「本当のことだよ。楓、すごい可愛い」

顔を寄せてきた彼が額に口づけをし、それから中に入れる指の数をさらに増やされた。

彼の指と、舌に遊ばれて、零れる声は艶《つや》を増していく。

生理的に溢れ出てきた涙を彼が拭《ぬぐ》ってくれる。彼は上半身を起こして、身に着けていたシャツを荒々しく脱ぎ捨てた。

私は力の入らない身体で、その光景を見つめていた。初めて見る彼の身体が綺麗で、もう十分潤《うるお》っているはずのそこが甘く疼《うず》く。

身体中にキスを落としながら淡い刺激を与えられ、身震いした。

まだ終わりじゃないことはわかってる。

これから待ち構えていることに、恐怖なのか、期待なのか、説明しようのない気持ちが湧き起こってきた。

「……んんっ……！」

「……いいよ、我慢しないで」

「や……ぁ！」

「ほら、楓……」

焦《じ》らすように耳をゆっくりと舐め上げられて、ぎゅうっと彼の手をつかんだ。

固く瞑《つむ》ったまぶたの奥が、次第にちかちかと点滅し始めて、私の身体はいよいよ制御《せいぎょ》がきかなくなる。

「……あ、ああっ」

「ん……ここ？」

「ひ、や、やだあ、あっ！」

彼の指が掠《かす》めたその場所が、強い快感を与える。

遠慮なく指を動かす彼に私はされるがままだ。

「あ、ああっ、やぁああーっ……！」

身体が硬直して、すぐに弛緩《しかん》した。

「……もう、いいかな」

「……ふ……ぁ……」

かすんだままの頭で、ぼんやりと彼を見つめると触れるだけのキスを落とされる。

先ほどまでそこに入れられていた指とは明らかに違う、質量と熱をもったそれを押し当てられた瞬間、身体がなにかを察し、強張った。

「力抜いて、楓」

「……う、うん……っ」

とりあえず、頷《うなず》いたはいいものの、どうやって力を抜けばいいのか、さっぱりわからない。

途方に暮れて、涙目で彼を見つめると苦笑された。

笑い事じゃない、こっちは必死なのに！

「だめだよ、そんな顔しちゃ。俺、我慢できなくなるよ。……これでも、必死で抑えてるのに」

「ふぇ……あっ！」

敏感な粒の上をぬるっと、彼が滑《すべ》る。

言い様のない甘い刺激に、思わず彼の腕をつかんで必死でやり過ごそうとする。けれど彼は幾度も、熱いそれを滑らせた。

身体が言うことを聞いてくれなくて、びくりと跳ねる。

次第にぐったりし始める身体に、彼はなんの予告もなく、それを埋め込んだ。

「あ、ああっ……！」

「……は……っ……」

「あ、ん、んんっ……！」

「ごめんね楓、痛い……？」

「……っ……！」

必死で首を横に振った。本当はものすごく痛かったけど、それを言ったら、彼がやめてしまいそうだったから。

だって、耐えられないほどの痛みじゃない。そんなことより、彼とつながっている、その事実の方がうれしくて。

彼が十分に慣らしてくれたから、それほど痛みを感じなかったのだとは、このときの私にはわからなかったけれど。

彼の身体に必死でしがみつく。

「りゅうのすけぇ……！」

「……っうん……？」

「好き……っ……好き……やめないで……っ！」

「……っ……ああもう、どれだけ可愛くなれば気が済むの、楓は……っ！」

「あ、んっ！」

私の身体を気遣って、それまで動かずにいてくれた彼が、ゆっくりと深く入ってきて、私の中を蹂躙《じゅうりん》し始める。

「……っ……」

「あ、あ、や、あ、んっ……！」

「っ、楓……」

彼の口から零《こぼ》れる吐息が熱くて、色っぽくて、胸が切なくなる。

彼の頬に触れると、彼は荒い息遣いのまま私の手に口づけをした。

彼の動きが更に激しくなっていく。

次第に、自分の身体を支配する熱が、痛みからくるものだけではなくなっていること
に気づいた。

「……ぁ……っや、あ……きもち、い……っ」

「……は……っ楓、気持ちいい？　もう、痛くない？」

堪《こら》えるような声で問われて、素直に頷《うなず》いた。

まだ痛みはあるけれど、それよりも快感の方が大きい。

次第に激しくなる動きに、振り落とされないように背中に回した腕にぎゅっと力をこ
めると、彼も私の背中に腕を回して抱きしめ返してくれた。

「ひぅ……っあ、あんっ……！」

「楓……っ楓……！」

「あ、あや、だめ、あ、だめりゅう、だめ、あ……！」

「いいよ、イって、俺も、もう……っ！」

「あ、あ、ん、あ、あーっ……!」

身体の奥で温かいなにかを感じたまま、意識は薄れていった。

＊　＊　＊

彼女の甘い、甲高い声が意識の向こう側から聞こえてきた。

ゴム越しに吐き出した自分の欲に苦笑が漏《も》れる。

達すると同時に意識を失った愛しい女性の身体を抱きしめて、乱れた呼吸を整えた。

こんなにも、幸福を感じたことも、甘く濡れた声に興奮を覚えたことも、今まで一度もなかった。

名残《なごり》惜しい気持ちを押し殺して、彼女とのつながりを解くと、彼女はぴったりと肌を寄せてくる。

その動作が可愛くて、愛おしくて、再び熱がこもるのを自覚した。

初めてだし、無理はさせられない。

それは重々承知してる。

おまけに彼女は意識まで失《な》くしているのに。

けれど、今のは楓が悪い。

責任転嫁《せきにんてんか》して、再び彼女を組み敷いた。

深いキスを与えて、うっすらと開かれた瞳に、にっこりと微笑みかけた。

「――もう、終わりとか、思ってないよね？」

「……へ……？」

「もう一回。一回だけじゃ満足できない」

「え、ちょ、ま、あのっ！」

「大丈夫。今度はもっと気持ちよくさせてあげるから」

「や、なに言って、もう十分……あっ……も、無理ぃ……！」

ツンととがった頂《いただき》を口に含み、舌でころがしてやれば途端に上がる、艶《つや》めいた声。

その濡れた音に笑みが零《こぼ》れる。

「……ぁ、あ、や……っ」

「楓、胸触られるの好きだよね、気持ちいいんだ？」

「ふ、ぁ……っ！」

掌《てのひら》を彼女に這《は》わせ、もう一方の手で震える身体を抱きしめた。

喘《あえ》ぎ始めた唇を塞《ふさ》いで、舌を絡めとると彼女が必死でしがみついてくる。

キスに夢中になっている彼女の下半身に、指を忍ばせれば口の中に甘い音が広がる。

くぐもっているけれど、口内に響く彼女の甘い声が俺を煽《あお》る。

胸に触れながら、中をかき混ぜて彼女のいい場所を見つけ出し、重点的に刺激すれば、途端に声色が変わる。

さらに艶《つや》を帯びて、何度も身体が跳ねた。

舌を吸い上げながら、窪《くぼ》みのすぐ上にある粒を親指で捏《こ》ねると、中に入っている指もしめつけられる。

その収縮を感じ取って、さっと指を引き抜くと熱のこもった、欲情の滲《にじ》む瞳で睨《にら》みつけられて、その姿の妖艶《ようえん》さに、思わず唾を呑み込んだ。

「……も、なんで」

「……っ……楓、今自分がどんな顔してるか、わかってる?」

「知らないもん、そんなことっ。おかしいなら見ないでっ! あっもっ……!」

胸の頂を口に含んで、蜜の溢れる場所にある粒を再びなでると、身体が跳ねる。

力ない手が縋《すが》りついてきたので、その指に触れるだけのキスをして口に含むと、彼女がか細い声を漏《も》らした。

潤んだ瞳を見つめると、頬がさっと赤く染まる。

彼女が酷く可愛らしく見えて、とてつもない愛おしさを感じた。

「……楓、愛してる……」

「……りゅ、のすけさ、あっ、や、ああっ……!」

「……っ……」

一気に中へ入り込むと、しめつける彼女のそこが俺を攻め立てる。

余裕もなにもかも剥《は》ぎ取られ、楓の甘い声に酔いしれた。

「ひ、あ、ぁ、っんん。りゅ、のすけ……っりゅうのすけぇ……！」

「……っ、ここに、いるよ。今、楓の中にいるのは俺だ」

差し伸ばされた手をとって、その指に口づけを落とす。

うれしそうに微笑んだ彼女の表情に、欲情を掻《か》き立てられる。

――ブレーキなんか、とうの昔に壊れている。

「……すき……っ……ずっと、一緒に……！　私の傍にいて……！」

「……うん、もう、身を引こうなんて、二度と考えないから……っ」

口づけを求められて、動きは止めずに、彼女の舌を絡めとる。

彼女は激しい動きに耐えられずにすぐに唇を離そうとするけれど、何度も何度も求めた。

互いの荒い息と、卑猥《ひわい》な水音。

それがお互いの感情を高ぶらせた。

自分の潜めた声が耳に届いて、その余裕のなさに苦笑が漏れそうになったけれど、あっという間にそれどころではなくなった。

彼女を自分のものにしたいという欲求に駆られて、無茶はさせないと決心していたはずなのに、彼女の声がかれるほどその身体を貫《つらぬ》いてしまった。

ふと外を見ると夜明けが近づいていた。

＊＊＊

「……？」

「……起きた？」

「……っ！」

「あ、なんで隠れるの」

翌朝、目が覚めると、私の顔のすぐ隣に彼の顔があった。

恥ずかしいからに決まってると答えたくても、声がうまく出てくれない。

彼の視線から逃げるように布団の中にもぐりこんで、顔を隠したけれど、すぐにはがされた。

なにが楽しいのか、笑いながらこちらを見る彼を殴りたくなってくる。

なんでそんなにうれしそうなの。

こっちは散々声を上げさせられて、身体中痛いし声も掠《かす》れてるっていうのに！

「……忘れて……」

「なにを？」

「そ……その……わ、私が、その……だ、だか、抱かれてる、ときの、こと……」

「え、やだよ。なに言ってるの？」

決死の覚悟で言ったのに。恥ずかしいのを堪《こら》えて言ったのに。

口をぱくぱくと動かしていると、ぎゅうっと抱きしめられて言葉を失った。

だって、まだ、二人とも裸！

「無理だよ、忘れるなんて。せっかく楓の初めてをもらったのに」

「だからっ、そういうこと言わないで！」

「恥ずかしいから？」

「わかってるなら、聞かないでよ！」

「だって照れてる楓、可愛いんだもん、無理」

「このっ……ドS!!」

「それは、ほめ言葉として受け取っても？」

言葉のキャッチボールができてない！

恥ずかしさのあまり、じたばたと暴《あば》れていると、彼が楽しそうに笑った。

キッと睨《にら》みつけると、触れるだけのキスをされて固まってしまう。

「……好きだよ。ずっと、こうしたかった」

「……っ……」

「もう、これで楓は俺のものだからね。離れようとか、考えちゃだめだよ。わかった？」

「……なら、もっと、優しくして……」

「してるよ。だけど楓が可愛すぎるから、時々いじめちゃうだけ」

「意味がわからない！」

「好きな子ほどいじめたくなるって言うじゃない？」

「それってただの小学生じゃない！」

いつだか永峯さんが言っていた、「中身は小学生のまま」という言葉を思い出して、ああそういうことかと納得する。

一つため息をこぼして、彼の胸に頬をすり寄せた。

「？」

「……でも、好きになっちゃったんだもん。仕方ない……」

「……楓？」

「……小学生でも、意地悪でも、好きになっちゃったら仕方ないって、思うしかないじゃない」

「……」

返事が聞こえないので上目遣いで様子を窺《うかが》うと、彼は顔を真っ赤にしていた。

……え？

「なんなのその不意打ち……」

枕に顔を埋《うず》めた姿を見て、照れているのだと気がついた。

なんだ、意外と可愛いところもあるんじゃない。自然と笑みが零《こぼ》れた。

29　おもちゃ改め

「──ふぅん、いきなり二日も無断外泊したと思ったら、今度は片倉さんのおうちで家政婦するの。へー」

「……っ……」

桜ちゃんの笑顔が怖い!!

確かに、申し訳ないとは思うけど、家に連絡するって言っても、後ちょっととか言われ、いざ事が済んでから電話しようにも、体力を奪われた身体では動くこともままならず──

結局、二日も彼の家に泊まってしまった。

そして今、私は実家の玄関で桜ちゃんに含みのある笑みを向けられている。彼は私の隣で、何も言わず立っている。

彼の車でここまで送ってもらう途中、まだどこかで働いていないなら、彼のマンションに戻ってきてほしいと言われた。

少し悩んだけれど、私が他の会社で働いていたら、忙しい彼と会う時間は極端に少なくなる。

そう思ったら、自然と頷《うなず》いていた。

「あ、あのね、桜ちゃん。色々考えたんだけど、ね？　その」

「いいのよー別に。楓が決めたことなら、ね。片倉さんが信用できない訳じゃないし。だけど、家政婦ってなにかしら。片倉さん、楓を小間使いにでもするつもりかしら？」

ニコニコと恐怖を感じる笑顔で、私の後ろに立つ彼に問いかけた桜ちゃんの言葉に、彼も負けず劣《おと》らず胡散《うさん》くさい笑顔で口を開いた。

「いえ、俺は妻として戻ってきてほしいと言ったつもりだったんですけど、どうやら誤解させてしまったみたいです。言葉が足りなくて、申し訳ありません」

「……はい？」

「あら、そうなの？」

ちょっと待って、それ私聞いてない。

戸惑う私をよそに、彼はうんうんと、頷いている。

「正式にお付き合いさせて頂けることになったばかりですし、早すぎるかとも思ったんですが……俺もいい年です。楓のような若い子をつなぎとめておけるとは思ってません。恥ずかしい話、独占したいだけなんですけど」

人の身内になぜこうも恥ずかしいことを平然と言えるのだろう。混乱している私に口をはさめるだけの余裕はない。

「やだ、そんな心配いらないのに。この子、よそ見できるほど器用じゃないから」

「いえ、わかってはいるんですけど。それでも自信がないんです。若くて将来有望なやつが出てきたら、俺はどうしていいかわかりません」

「そんな謙遜《けんそん》しなくてもいいわよー。でもまぁ、そこまで覚悟があるなら、もうなにも言わないわ。がんばってね、楓」

「え、いや、ちょっと、あの？」

上機嫌で家の中へ戻る姉の後ろ姿を、なにがなんだかわからないまま見送った。

キッと後ろにいる彼を睨《にら》む。

「……なんの話ですか！」

「なにが？」

「なにがじゃなくて！　私、なにも聞いてないんですけど！」

「あぁ、結婚のこと？　俺はそういう意味で言ったのに、勘違いしたのは楓だから」

「あんな言い方じゃ、わかる訳ないじゃないですか！」

「あれだけ甘い時間を一緒に過ごしたのに、ただの仕事の話だと思われるとは思わなかったよ」

「っ……！」

確かに、私が「じゃあまた家政婦として」って言ったとき、龍之介さんは変な顔したけどさあ！

あのセリフだけでわかれなんて、ちょっと言葉が足りないと思いませんか！

大体、プロポーズするならちゃんとしてよ！

むすっとした顔で黙り込んでいると、苦笑した彼が指輪のはまっている私の左手をとって、そこに口づけを落とした。

その姿にちょっとドキッとしたけれど、ふいっと顔をそらす。

すると今度は腰を抱き寄せられて、耳元に唇を寄せてきた。

「――俺と結婚してください」

「っ」

「俺の奥さんになって。楓」

「……ほんっと……性格悪い……！」

真っ赤になった顔を彼の胸に埋《うず》めた。

「……楓？　返事は？」

「……よろしくお願いします……」

恥ずかしくて小声になってしまったけれど、しっかりと彼の耳に届いたようで、抱きしめる腕に力をこめられた。

「これからも楽しませてね、楓」

「は……？」

「楓を見てると本当飽きない。ずっと可愛がりたい」

「……え、ちょっと、あの、意味がわからないんですけど……？」

「前に言わなかったっけ？　俺、気に入ったおもちゃは大事にするし、可愛がるよって」

「！　だっ誰がおもちゃだああああ!!」

彼の身体を引き剥《は》がして、怒りに任せて家に駆け込もうとすると、笑ったままの彼につかまれて、再びその腕の中に閉じ込められる。

なんでそんな楽しそうに笑ってんの！　失礼なこと言っといて！

「冗談だよ。こんな可愛い子、もうおもちゃだなんて思えない」

「信じられない！」

「ほんとだって、俺、楓のこと心底愛しちゃってるから」

「っ!」

耳に囁かれたその言葉に、私はなにも返せなくなって。

顔を赤く染めたまま、蓮と蕾が階段の上から覗き見している姿を見つけるまで、彼の腕の中に閉じ込められていた。

「……なにしてるの、二人とも。早く上がりなさいよ」

不思議そうな顔をしてリビングから顔を出した桜ちゃんに頷《うなず》いて、家に上がった。

つながれた彼の手。そして彼のうれしそうな横顔――

それを見て、私も微笑んだ。

王子様の花嫁。

「……ぁ……っ」

「……く……っ」

私の身体の上に彼が覆《おお》いかぶさる。私は重さを感じながらも幸福感を覚えた。

荒くなった息はなかなか整ってくれない。

呼吸が落ち着くのは、彼の方が早かった。

「……楓、お風呂は？」

「……あ、とで、入る……」

声を上げ続けたせいで、喉がひりひりする。

だがこれは私のせいじゃない、断じて！

苦笑する彼をキッと睨《にら》みつける。

「……何？　煽《あお》ってる？　あ、まだ足りなかったかな？」

「違う！」

嬉々として私にのしかかってくる男の身体を必死で止める。

当たり前だ、もう何度目だ！　これ以上は私の身体がもたない！

彼と気持ちが通じ合ってまだ数日。本来ならこの幸せな状況が夢みたいで、信じられないと半信半疑になっていてもよさそうなのに、再び始まった同棲生活に、これは現実なのだと毎日身体で実感させられている。

正直、どこにそんな体力があるのかと問い詰めたい。

こっちは毎日毎日身体の節々が痛むまで求められて、もうへとへとだというのに。

このままじゃ身体がもたないと私が危機感をもったのは割と早い段階でだった。

この状況を打開しなければ、と思ったけれど、経験は彼の方が格段に上。私に太刀打《たちう》ちできる訳がなかった。

こっちがベッドから動けなくなっているというのに、意気揚々とつやつやした肌を晒《さら》しながら、彼は私の為に水を手にして戻ってくる。世界で一番愛しいはずの彼が憎たらしくもあった。

「ねえ楓、今週末、ドライブにでも行かない？」

「――え、ドライブ？」

「そう。明日から丸二日休みが取れたし、一緒にどうかなーって。明日の昼間は楓の実家に行くことになってるけど、その後は時間があるし、どう？　行きたくない？」

「いっ、行きたい！　行きたいです！」

彼からの楽しそうな提案に、私の疲労感は一気に吹き飛び、思わず大きな声を出してしまった。

そんな私の態度に彼はうれしそうに笑ったけれど、少し恥ずかしい。

赤くなった顔を隠すようにして立ち上がり、服を着てキッチンへ向かう。

彼に食事を出す為にキッチンに入ると、彼もやって来て、カウンター越しにこちらを見ている。また、胸が跳ねた。

いつもの光景なのに、こんなときまで胸がときめくって、私はこの人にどれだけ気持ちを奪われているのだろう。なんて、まるで乙女みたいなことを考えてしまい、苦笑した。

「……どこ行きたい？」

「え？」

「ドライブ。楓が行きたいところに連れてってあげるよ」

「え、えー、行きたいところ……」

急に言われても思いつかない。っていうか、正直、彼と出かけられるならどこでもいい。

もう婚約までしておいて今さらだけど初デートですし。浮かれても仕方ないと思う。

そういえば、この間、永峯さんに彼と一度もデートしたことがないと愚痴《ぐち》をこぼしたような気がする。

今日、突然彼が誘ってくれたのは、彼女がなにか言ってくれたからなのだろうか。

彼女からなにかを聞いたとしても、そうじゃないとしても、彼が誘ってくれたことがうれしくてたまらない。

「……どこでもいいです、龍之介さんと一緒に出かけられるなら」

ちょっと照れくさい気持ちを押し隠してそんな風に言うと、彼の顔が途端に険《けわ》しくなった。あまりの迫力に首を竦《すく》める。

「楓、俺のこと煽《あお》ってるって自覚は？」

「はい!?」

「煽ってる自覚がないって、男としては地獄にいるような気持ちになるんだけど、知ってる？」

「え、あ、いや、その……！」

そんなつもり全くないんですけれど!!

「誘ったのは楓だからね？　俺、我慢しないよ」

「さっ、誘ってなんかない!!　うわあああ!!」

抵抗虚《むな》しく軽々と抱き上げられて、再びベッドに運ばれて、彼に組み敷かれた。

見上げた彼の顔は妖《あや》しく、かつありえないほど色っぽい。

「大体、楓を目の前にして我慢なんてできない」

「ちょ、本当意味わかんなっ……んっ」

「それだけ俺が楓に惚《ほ》れてるってことだよ。いい加減、自覚してほしいんだけどなー」

「……っ！」

「明日、実家に帰るだけの体力は残しておいてあげるから、安心して？」

「できるかああ!!」

やけにうれしそうに服の中に手を差し入れてくる彼に、私は抵抗できなくなる。

その手が優しく私の力を奪っていくせいで。

結局、一回では済まされず、私は明け方まで声を上げさせられる羽目になった。


その後、なんとか眠い目をこすりつつ起き、予定より少し遅くなってしまったけれど、
二人で私の実家へ行ってきた。

そして今から私達は、彼オススメの場所へドライブがてら向かっている。楽しいはず
なのに、車内は、シーンと静まり返っていた。

「……」

「まだ怒ってる？」

「当たり前でしょう!!」

噛みつく勢いでそう怒鳴ってみても、彼がこたえている様子は全くない。

どれだけ恥ずかしかったと思っているんだろう、この人。

姉や、妹や弟と仲良くしてくれるのはうれしいけれど、寝不足の理由なんて、わざわざ説明しなくてもいいと思う。

蓮はまだ意味がわかってなかったみたいだけど、酷く恥ずかしい。

「……龍之介さんは、ちょっと強引すぎる」

「なにを今さら。楓が俺から逃げないようにする為ならなんでもするよ、俺」

「っ」

間髪《かんはつ》いれずにニコニコと恥ずかしげもなく返され、頬が熱くなる。

そこまで思ってもらえていることを、喜べばいいのか嘆《なげ》けばいいのか、この人の頭の中には「適度」という言葉は存在しないのだろうか。

いや、贅沢《ぜいたく》なことを思ってるのは、重々承知しているけれど！

ため息を一つ零《こぼ》して窓の外を見ると、夕日が沈みかけた海岸線が目に入って、思わず感嘆の声が漏《も》れる。

まぁでも、常に忙しい彼とこうしてゆっくりドライブできるなんて、夢みたいだ。不満ばかり零していてはバチがあたる。

「……機嫌直った？」

「……仕方ないから、直してあげます」

「それはよかった」

くすくす笑う彼から顔を背《そむ》けたまま、自分はなんて単純なんだろうと呆れてしまうけれど、仕方ない。

恋愛は惚《ほ》れたほうが負け、となにかの本で読んだことがある。

そんなことを思い出して、私は彼に見えないように苦笑した。


「わあ……」

たどり着いた場所は隠れ家的な旅館で、前もって予約を済ませてくれていた彼が女将《おかみ》さんらしき人に声をかけると、広々とした豪華な部屋に案内された。

部屋付き露天風呂もあって、小さな庭まである。

その豪華さに目を奪われていると彼が後ろから腕を回してきて、私をそっと抱きしめた。

「……気に入った？」

「……はい」

「ならよかった。食事もおいしいから楽しみにしてて」

「そうなんですか？」

「うん、一回は楓を連れてきてあげたいと思ってたんだ。いつも家事をがんばってもらってるし、たまには、ね」

「……ありがとうございます……」

なんだか照れくさいような、恥ずかしいような、そんな甘い気分になっているのは自分だけだろう、おそらく。

だけど、いつも飄々《ひょうひょう》としている彼がすごく優しいから、それは仕方ないと思ってほしい。

こんな風に二人でゆっくりできることなんか、今までなかったし。

食事の前に温泉に入ってこようという彼の言葉に頷《うなず》いて、二人で大浴場へ向かった。

部屋付きの露天風呂はまた後で楽しめばいいし！

そうして、大浴場の露天風呂を楽しんで部屋に戻ると、豪華な夕飯が用意されていた。

さっそく食事にしたんだけど、そのおいしさといったら！

彼に苦笑されるのもかまわず、おいしいおいしいとついつい箸を進めてしまった。

結局、出された料理の三分の二くらいは私が平らげたと思う。

「……楓、露天風呂に入らない？」

「え？」

「部屋付きの方。……せっかくだから、一緒に入ろうよ」

「え!?」

その言葉に私の顔は真っ赤になった。

一瞬にしてイケナイ光景を想像してしまったせいだ。そのうえ、お酒が入ったせいか、彼がやけに色っぽく見える。

昨日も家で散々好きにされたのに、今日も彼に抱かれるのかとか考えてしまった。

体力がもたない。いつもそう文句を言っているのは自分なのに。

差し出された手に、なんの反論もせず自分の手を乗せてしまったのは、やっぱり自分も彼が欲しいからなのかもしれない。


「……ねぇ、なんでそんなに離れてるの？」

「い、いいや！　な、なんていうかその……！」

せめて、お湯が乳白色だったらよかったのに。

お風呂に入って少しだけ酔いがさめたせいで、やたらと恥ずかしくなってくる。

だって、今まで一緒にお風呂に入ったことなんてなかった。

バスタオルを身体にしっかり巻きつけているが、彼の傍にはなかなか近寄れない。

いや、やることやっておいて、今さらだろっていうのはわかってる。

しっかりとバスタオルを握りしめ、微動だにできないでいると、彼のため息が聞こえて肩をすぼめる。

誘いに乗っておいて、なんでためらうのとか思われてるんだろうか。そんなことが頭をよぎったとき、わずかに水が跳ねた。

「恥ずかしがる楓も可愛いんだけどね。ほら、こっちおいで」

「え、ちょ、ちょちょ、待って！　ややや……っ、待ってってば！　わっ」

「駄目」

手をつかまれたと思ったら、あっという間に湯船の中で彼の腕に収まっていて、今度は別の意味で身動きが取れなくなる。

背中に直《じか》に触れる彼の体温が、妙に生々しい。

顔を真っ赤にしたままなにも言えずにいると、彼はやけにうれしそうに私を抱きしめてくる。ちゅっと私の首筋にキスを落とす音が耳に届いて、なおさら顔に熱が集まった。

「そんなに緊張しなくてもいいのに」

「だ、だって……！」

「俺しかいないんだから、リラックスして入りなって」

あなただからこそ、こんなに緊張してるんですけど。

そう言いたい気持ちをぐっと堪《こら》えて、小さく息を吐いた。

確かに彼は、婚約者で。もしかしたら、世の中の恋人同士は、普通にこういうことをしてるのかもしれない。

そう思ったら、なぜかふっと身体から力が抜けた。

「楓？」

「……恥ずかしいけど、せっかくの温泉だし……それに、龍之介さんとこんな風に二人きりで過ごすことなかったし……」

それから小さく「触られるのは、いやじゃないから」と呟くと、彼が優しく笑った。

「……楓、こっち向いて」

「……っ……」

彼の声が甘くて、頬を赤く染めたままゆっくり振り返ると、触れるだけのキスをしてくれた。何度かそれを繰り返すと、彼の舌が口内に入り込んできた。

その動きに必死で応えていると、タオルを握りしめていた手を握られて、あっという間に指を絡められた。

くちゅくちゅと、絡み合う舌の音が恥ずかしいのに、やめたくない。

気持ちよくて、頭が甘く痺《しび》れて、息が荒くなる。舌を吸い上げられて、思わず声が零《こぼ》れた。

「……あ、ふ……」

「……気持ちいい？」

「……ん……ぁ……っ」

タオルの上から、そっと触れてきた彼の掌《てのひら》が私の胸を揉み始める。徐々に、その動きは強くなる。

縋《すが》るように、彼の頬に擦り寄ると、鼻の頭に軽いキスをしてくれた。

彼が私にもたらす感覚が気持ちよくて、まともな思考はとうにできていない。

「あっ……！」

タオルを巻いていても、はっきりと存在を主張する胸の頂《いただき》をつままれて肩が跳ねた。

耳を口に含まれて、舌で中を舐め回され、その感触に震える。

呼吸を整えようとしたけれど、彼の動きはさらに私を追い立てた。

「……楓……」

「ん、んぅ……っ」

タオルをはがされて、彼の手が直接私の秘部に触れて、するするとそこをなぞる。

すでにお湯ではない別のもので溢れているそこを上下になぞられて、声が止まらなくなった。

「あ、ぁ、……んー……っ」

「声、ちゃんと聞かせて……」

「や、ぁ、だって……と、なり……っ」

「聞こえないよ。大丈夫、俺しか聞いてないから」

「ん、っふ……あ、ぁっ」

彼の手を止めたいけど、時折強い快感が走るせいで、されるがままだ。

鬢《ひだ》を掻《か》き分けられ、粒に触れられて、彼の肩に頭を押しつけるようにするけれど、身体が跳ねてしまうのを止められない。

「あ、だめ、や、ぁ」

「駄目？　なんで？　こんなに溢れてるのに、これ、お湯じゃないでしょ？」

「んーっ……あ、あぅっん」

親指で塗りこめるように捏《こ》ねられて、徐々に意識がぼやけてくる。

耳に掛かる彼の熱い息を感じて、そこがきゅっとしまったような気がした。

「……ぁ……や、りゅ……っ」

「……ここ、気持ちいい？」

揺れる水面に、息を乱す自分の姿が映る。

月が出てなければ、こんな姿を目の当たりにすることはなかっただろうになんて、見当違いな考えが頭をよぎった。けれど、明らかにお湯とは違う、ぬめりのある液体を掻き出されて、なにも考えられなくなった。

ちゃぷちゃぷと跳ねる水音、間に混じる甘い吐息、それから彼が背中に落とす口づけの音がやけに卑猥《ひわい》に思えて、身体が震える。

「……楓……」

「あ、んぅ……っ！」

彼の長い指が縦横無尽にそこを動き回り、意識がすでに飛びそうだ。

今、中に何本入っているのかなんて、恥ずかしすぎて考えたくない。

それなのに意地悪く私の敏感な場所を探り当てる指をしめつけてしまうせいで、大体の指の本数を把握《はあく》してしまう。

空いている手で捏《こ》ね回される胸の頂《いただき》も、彼の少し乱れた吐息も今は全部、私を高ぶらせる材料になっている。

ちかちかと、目の前に光が飛び始めて、もうだめと一気に駆け上がりそうになった瞬間、突然彼の動きが止まった。

なんで？　どうして？

見上げると、彼は壮絶《そうぜつ》な色気を放って、私に笑いかけた。

「……まだ、だめ。もっと気持ちよくしてあげるから」

「や、なん、ああっ」

「可愛い姿、もっと見てたいしね」

「ふ、あ、やあっあんっ」

再び動き始めたその動きに、ビクンッと身体が大きく跳ね上がる。

同時に、跳ねるお湯の音がやけに大きく感じた。

それから、私が上りつめそうになるたびに彼は動きを止める。こんなのまるで拷問《ごうもん》だ。

彼の愛撫によって私の思考は奪われる。

深いキスをされて、二人の間に透明な糸が絡まり合う。

「……すごいね、今日。いつもと場所が違うから、興奮しちゃった？」

「ちが……あっ……！」

「――素直に気持ちいいって言ったら、イかせてあげる」

耳に落とされるその声が、悪魔の囁きのように聞こえる。

夢中になっているのが自分だけのような気がして悔しいのに、もっとして欲しくて。

彼に後ろから抱き抱えられ、お尻にあたる熱い存在を、もう無視できない。

思わず息を呑んで黙り込むと、彼は入り口にある粒を親指でなでた。

中を刺激し続ける指は、そのまま私の身体を焦《じ》らすようにゆっくりとなぞっている。

長い間、ずっと快感を与えられ続けているのに、私はまだ一度も上り詰めていない。

ずるい、こんなの。私が焦れていることなんて、とっくに気がついているくせに。

再び飛び始めた意識に、今度こそとその予感に身体を震わせた瞬間、またもや私の身体に触れている彼の手がぴたりと止まった。

「あっ、や、あ、も、ああっ」

「……ねえ楓、俺が欲しいでしょ？」

「んっあ、おねが、もうっ……！」

「俺が、毎晩、楓が欲しいって求める気持ち、わかってくれた？」

「んんっ……！　い、あ、気持ちいいっ……！」

荒い息を隠そうともせず、掠《かす》れた声を上げ、中に入っている彼の指をしめつけてしまう。

自分ではどうすることもできなくて、再び中で動き始めて激しさを増していく動きに、私の身体はびくびくと跳ねた。

耳の中を舌でかき回されて、蜜を零《こぼ》し続けているそこをぐちゃぐちゃと彼の指でかき回されて、再び目の前が白く点滅し始める。

「楓……好きだよ。好きだ……」

「あ、だめ、龍之介っあ、ぁんっ！」

「……毎日抱いても、抱き足りない」

「ああっだめ、もっ……ああっ！」

強く刺激されて、身体が伸び上がる。

「……楓、こっち」

「……ん……」

身体を反転させられ、向き合う格好でひざの上に乗せられ、素直に従うと優しいキスをしてくれた。

彼の首に腕を回して、口内を刺激する舌に応える。

もう、本当に溺れてしまいそう。ただでさえ、彼にのぼせているというのに。

彼の優しい気持ちが、触れられた場所から流れ込んでくる。

そんな風に私の気持ちも、彼に伝わっているといいのに。

「……楓……っ」

「あ、や、ぁ、なかっ……はいっちゃ……あっ！」

彼の熱いモノが一気に入ってきた。

「……っ……」

彼の身体を力いっぱい抱きしめた。

彼の熱い息が肌にかかって、身震いする。

間を置かず動き始めた彼の身体に従って、水が激しく跳ね上がった。

「あ、あ、ん、っ」

「……は……」

「んん、っあ……！　だめ、はげし……あっ」

「楓の、せいだよ……っ」

「しらな、あ、ぃ……！」

「……逃がさないから、一生……」

「っ……ぁあっあ、あんっ」

滑《すべ》りそうになるけれど、必死で彼にしがみついて、彼の突き上げを堪《こら》える。

彼に跨《また》がっているせいか、深く入り込んだそれに、いつも以上の快感が身体をめぐる。

彼と離れたくないと、思わずその大きな背中に爪を立ててしまう。

彼が私の身体を強く抱きしめたかと思うと、突き上げる強さが次第に増してくる。

もう声を我慢することなど、意識のどこにも残っていない。

ばしゃばしゃと跳ねるお湯が、やけに淫《みだ》らに聞こえて仕方なかった。

「あっあ、ん、あ、ああっ」

「……は……っ」

「んんっ、ん、りゅう……っ」

「……ん、もっと、名前呼んで、楓……」

「あっ、ああっい、ぃ、りゅうのすけぇ……！」

動きを緩やかにした彼が、私の頭を優しく引き寄せて、唇を塞《ふさ》ぐ。

最初は軽いものだったのに、すぐに舌を絡めとられて、強く吸い上げられて、頭がクラクラする。

ただでさえ、彼の熱が私の中で暴《あば》れているせいで、意識が飛びそうになっているというのに。

離れた唇はそのまま私の耳に移って、ゆっくり、丁寧に舌で舐め上げられた。軽く噛まれるだけで甘い声が零《こぼ》れる。

それでも決定的なものは与えてもらえず、次第にもどかしくなってくる。

緩慢な動きが、嫌な訳じゃない。十分気持ちいいけれど、もっと強い刺激が欲しいと身体がそう訴えてくる。

腰が勝手に揺れ、彼が苦笑した。

「……煽《あお》られると、加減できなくなるよ？」

「ちが、勝手に、あっ」

「そんなに気持ちいいんだ？」

「んあっ、あっや、もぉ……っ」

一度だけ奥を強く突き上げられて、思わず彼に力いっぱい抱きついて、震える身体をなんとか抑えようとするけれど、求める気持ちが強すぎて止められない。

「……もっと？」

「りゅう……っ……あ、おねが、も……！」

「言って、楓。どうして欲しい？」

私が欲しいものなんか、とっくにわかってるくせに。

素直に応えるのが悔しかったけれど、もう我慢できなかった。

「……りゅう、のすけ、ぁっ……ほし……龍之介さんが、欲しいの、いっぱい……っ」

「っ……いいよ、あげる。好きなだけ」

その声と同時に、激しく私を突き上げ始めた彼に必死でしがみつく。

ようやく与えられたその快感がうれしくて、気持ちよくて、動いたまま唇を合わせて、指を絡ませた。

「あ、は、いい、あ、い……っ」

「……ん……っ……俺も……っ」

「あ、や、あぁっ……龍之介さ……っ」

「……っ、く……」

もう、駄目。

心の中で呟いた。それは彼も同じらしく、感じた予兆《よちょう》に身体を震わせる。

痛いくらいに抱きしめられて、彼の熱い飛沫《ひまつ》が体内に吐き出されたことを、霞《かす》む意識の中で感じ取った。

部屋で伏せっている私に龍之介さんが声をかける。

「大丈夫?」

「……大丈夫じゃない……」

私はすっかりのぼせてしまったというのに、彼はいたって平気らしい。

ぐったりしてしまった私の身体を、彼がかいがいしくタオルで拭いてくれて、浴衣まで着せてくれた。けれど、それがいかに恥ずかしかったか。いや自分のせいなんだけど。

寝返りを打とうとして、足の間をなにかが流れ落ちた感覚に固まった。

そ、そういえば、な、中に、出されたような気が、する。

冷や汗を流しながら、彼の顔を見れば、なにもかも悟ったような顔をしていた。

「——……俺と楓の子供なら、すごく可愛いと思うんだ」

彼はいつの間にか、私に覆いかぶさっている。

「……な、なにを……いきなり……」

「今は、子供ができて結婚なんて珍しくないし。それになにより、俺達は婚約中なんだし、問題ないよね？」

「え、いや、あの、龍之介さん……!?」

まだ湯あたりから回復していない身体では、ろくな抵抗ができない。

いや確かに彼との子供もいつかは欲しいって思うけど!!

「——なにより、俺は楓を離す気ないしね。子供ができたら、否応なしに子供に時間を取られるんだから、今は俺に独り占めさせて」

「や、ちょ、まっあっ！」

「愛してる、楓……」

再び火のともった彼に、言ってることがむちゃくちゃすぎると思いつつ、結局、何度目かも数えるのが馬鹿らしくなった行為を受けとめた。


翌朝、私の声は無残にもかれていて、おまけにひどい腰痛もあった。

「……あのね、加減って必要だと思うの。やっぱり」

「しようと思ったけど、楓が可愛すぎてできなかったんだよ」

「そっ、それとこれとは別でしょう！」

「同じことだって。大丈夫だよ、楓が動けなくなっても俺が面倒見るから」

「だからそれが安心できないって言ってるでしょ。何度も!!」

人が恥ずかしさを堪《こら》えて異議を申し立てているのに、当の本人はどこ吹く風。

「……できてるといいね、子供」

「……そんなすぐにできるものじゃないですよ」

「じゃあ毎日、がんばろうか」

「なんでそうなるの!!」

「だって、子供ができたら、楓は俺と結婚するしかなくなるじゃん」

「なっ……！」

うれしそうな顔で、さらっと言われて、なんだか複雑な気分になる。

いや、そう望んでくれることはうれしいし、幸せなんだろうけど。

「……もう、龍之介さんと結婚するって、言ったじゃないですか……」

「じゃあ毎日抱いても怒らない？」

「私を過労死させる気なんですか」

結局、彼に毎晩襲われて、子供ができたと彼に報告する羽目になったのは、初めてのお泊りデートから半年も経たないある日のことだった。

籍を入れないまま出産する訳にもいかず、実家に報告をしに行ったとき、弟に哀れみのこもった視線を向けられた。けれど、彼と結婚するのは嫌ではないし、たぶん大丈夫、と頷いておいた。

夫婦生活には一抹《いちまつ》の不安を覚える。けど、私の心はもう決まってる。

「幸せにするから、子供ごと」

「……そうじゃなきゃ、困るんですけど」

すると、照れ隠しで強がったことは、お見通しだったらしく、額に口づけを落とされた。

書き下ろし番外編

王子の姫に愛を込めて。

「――龍之介さん？」

かけられた声に意識が浮上した。どうやら自分はいつの間にか眠ってしまっていたらしい。

ゆっくりと瞼《まぶた》を持ち上げると、楓が心配そうな表情を浮かべながら俺の顔を覗き込んでいた。

ソファにもたれかかったまま寝ていたようだった。

「……どうしたの？」

「どうしたのって……こんなところで寝てたら風邪引きますよ。寝るならベッドでっていつも言ってるのに」

「ついうとうとしちゃったんだって。わざとじゃないよ。今日は日差しが気持ちいいし」

「……まぁ、確かにそうだけど」

「楓も一緒にする？　昼寝」

「……今はいいです」

こらえきれないといった様子で噴き出した彼女に、自分も自然と笑みが零《こぼ》れた。

あの、苦しんで、苦しめて、悩んで、悩ませて、どうすればいいのか、間違えた結論を出してしまいそうだった日々が今は嘘のようだ。

一度は諦めなければいけないと思っていた自分の感情を彼女に素直に伝えてもいいのだと、そう思えたあの日から、もうどれくらいたっていただろう。

考えて、やっぱりその存在が愛しくて、手を引いてソファに座ることを促《うなが》したけれど、彼女は素直に座ろうとはしなかった。

「……ねぇ龍之介さん」

「ん？」

「……疲れてるならね、私一人でも大丈夫ですよ」

立ったままで、少しだけ悲しそうな、申し訳なさそうな表情を浮かべた楓に、ますます笑みが深くなる。

こんな風に可愛い姿を見せられて、いじらしい姿を見せられて、惚《ほ》れ直さない男がいるならお目にかかりたい。

俯《うつむ》いた視線を自分に向けたくて握った手に力を込めると、彼女は不思議そうに首をかしげた。

「疲れてなんかないよ。ただ、……楓といると、落ち着くんだよ。だからきっと、ところかまわず寝落ちしちゃうんだろうね」

俺に心を開いてくれた彼女の空気はいつだって穏やかで優しくて、自分の葛藤など何一つ構わずに全てを癒《いや》してくれている。

傷つけたことは、数え切れないほど。その全てを許してもらえているとは思っていない。自分が子供過ぎたせいで、何度泣かせたかもわからない。

あの頃の自分は何かを振り返ろうとはせず、ただそれだけが正しい道だと思い込んで、他の可能性は一切考えていなかった。

良太のことも、桜さんのことも、――楓のことも。

「――結婚式は、楓と俺が主役でしょう？　準備だって一緒にしたいんだよ、だって楓が俺の嫁になってくれる、大事な日でしょ」

「……っ……そ、それは、そう、ですけど……っ」

「一緒にさせてよ、その分仕事控えるからさ」

握った手をそのまま引いて、その身体ごと自分の腕の中に閉じ込めた。

「永峯さんに怒られても知らないから！」

「その時はその時でしょ」

「もう！」

か弱い抵抗をする楓の身体を抱く腕に力を込めれば、彼女は容易《たやす》くおとなしくなる。慣れていないと自分で言っていただけあって恥ずかしいのだろうということは、真っ赤になった耳の色で分かった。

こんなところが、たまらなく愛しくて、手放せないと思うのだ。あの頃、どうして手放せるなんて思ったのだろうと自分に問いかけたくなるくらいには。

「——楓」

「……何……？」

「今日、一緒にお風呂、入ろうか？」

耳元で、わざと低い声で囁けば、彼女の耳は更に色を増す。

その言葉が何を意味するか、さすがにもうわからない訳じゃないだろう。求めてやまないのは自分だけじゃないと今は確信をもって言える。

＊　＊　＊

「——もっもう！　もう絶対一緒にお風呂なんか入らないから！」

「それは承諾できないなぁ。俺は楓と一緒にお風呂入るの好きなんだけど」

「だったらもう少し手加減してください！」

顔を真っ赤にしてベッドから動けないでいる楓の横に寝そべってその顔を覗き込むと、あからさまに視線をそらされた。

確かにやりすぎた自覚はあるが、それも致し方ないだろう。楓が可愛く乱れてくれるから、どこまでも欲しくなるのだ。

彼女の身体に布団をかけて、自分もその中に潜り込む。

細くて華奢《きゃしゃ》な身体を抱き寄せると、楓はおとなしく俺の胸に顔を埋《うず》めた。

あれほど忙しかった日々も、来週には少し落ち着くだろう。まとまった休みももぎ取った。その休みすら潰れたら、何のために楓と一緒にいる時間まで削って忙しくしていたか、それこそわからなくなってしまう。

楓が寂しい思いをしているのも、俺の身体を心から心配してくれていたことも、全部知っている。

そのために自分ひとりで結婚式の準備を進めようとしていたことも。だが、それに気がつかないほど愚鈍ではない。そのことについて怒って責めたてるほど子供ではないが、一緒にさせてと口にしたのは一度や二度じゃない。

その度に身体を求めたのは、悪いことだと思っていない。

いい加減、その言葉を口にするたび立てなくなるほど攻めたてられると自覚すればいいものを、楓は一向に気がつかず、それがまた可愛い。

自分の顎のすぐ下に埋まっている彼女の頭を抱き寄せて、てっぺんに唇を寄せると、自分と同じ香りがした。

「……楓」

「……なぁに……？」

答えた彼女の声は、少し眠そうだった。

「……一生、傍にいて。何があっても俺が守るから」

「……え？」

今更言うことではないかもしれない、彼女にしてみたらなんで急にと思うかもしれない。これがただの自己満足かもしれないことも、わかっている。

だが、言わずには、誓わずにはいられなかった。

「俺の奥さんになって、やっぱりやめておけばよかったなんて言わせない。かならず幸せにする。俺に、楓のこと、これからも守らせて」

「……りゅ、龍之介、さん……？」

「……俺が、こんなこと言うの、変だと思う？」

少しだけ自嘲の混じった問いかけに、楓は勢いよく首を振ってから、笑った。

だるいと言っていた身体を持ち上げて、そのまま肘をついて上体を起こしてから俺の顔を覗き込む。

かすめるように触れたのは、彼女のやわらかい唇だった。

「変じゃないよ。どうして変だなんて思うの？」

「……色々とね。過去にしでかしたこと、思い出して」

「しでかしたって」

楓の笑う声が、耳に心地いい。昔はこんなふうに、誰かとゆったり過ごすこともなかったと、思考の片隅で考えた。

「もうとっくに三十も過ぎてるのに、結構間違えて、ガキっぽいことしてたなって思ったんだよ。好きな子をイジめちゃうなんてその最たるものだろ」

「……私は、悔しかったけど、龍之介さんが間違えてるなんて思ってないよ。だって、すごくいっぱい、それこそ返しきれないくらい、助けてもらったもん」

「楓？」

「だってそうでしょう？　桜ちゃんのことにしたって、蓮や蕾のことだって、龍之介さんがいなかったら、龍之介さんが私を探してくれなかったら、どうなってたかわかんないよ」

もしかしたら、今もまだ、良太のことで苦しんでたかもしれないのに。

苦笑しながらそう言って、楓は指を絡めて俺の手を握った。

「たとえ間違ってたとしても、今の私は、幸せなの。それに龍之介さんが間違ってたなんて言ったら、私はどうすればいいの？　桜ちゃんだって私だって、合わせる顔なくなっちゃうよ。もしあの時伯父さんに頼ってたら、全てをきょうだいで共有して一緒に考えられてたら、もしかしたら、問題はここまでこじれずに済んだかもしれない。これほど傷つかずに済んだかもしれない」

楓はそう続けたあと、小さく「でもそれって、龍之介さんと出会わなかったかもしれないんだよ」と呟いた。

「私は嫌だな。龍之介さんとこうやって一緒にいられることが、今一番幸せだって思ってるのに」

「……俺も、楓と出会ってないのは、嫌かな」

「でしょう」

「……まあ、あながち間違いも間違いじゃなかったってことか」

「そうだよ。それに、これからは二人で一緒にいられるんだもん、間違いかどうか、今度は二人一緒に考えられるじゃないですか」

「……そっか」

「うん。間違ってもさ、ちゃんと、自分の教訓にして、今度は間違えないようにって、成長できたら、それが一番だって思わない？　それに龍之介さんは、肝心なところで間違ってないもん。ちゃんと、私に好きだって、そう言ってくれたでしょう？」

へへっと照れくさそうに笑った彼女に釣られて、俺も笑った。

なかなか、これほど強くて可愛い女もいないと思う。無自覚に男を煽《あお》っていることにすら気がついてないのだ。さっきまで動けないと怒っていたのにもかかわらず、だ。


うつ伏せの体勢で上体だけを起こしていた楓の肩に手をかけて、ぐっと力を込めるとその身体はあっけなくベッドに沈む。

今度は俺が、彼女の顔を見下ろすと、その顔色に焦りが浮かんでいた。

「……りゅ、龍之介さん……っ？　あ、あああの、あの、無理、無理だからね!?」

「まだまだ元気でしょ、楓は。だってこれから先、一生俺と一緒にいてくれるんだもんね？」

「や、そ、そそそれとこれとは別っていうか……！　ぁっ！」

伸ばした指先で、その胸の頂《いただき》を捏《こ》ねれば、彼女の身体が跳ね上がる。

敏感に感じているその反応は、俺しか知らない。俺が、彼女の身体に刻んだことだ。

そう考えると、胸が喜びで埋まっていく。

やわらかく甘い唇を塞いで、舌を絡ませるために口内へと潜り込ませれば、抵抗らしい抵抗などなく、俺のなすがままになる。可愛くて、心の底から愛おしい。

「……楓、愛してる」

「はっ……ぁっあぁっ」

掌《てのひら》で胸の膨らみを覆《おお》い、やんわりとその形を変えると、彼女の身体はなめまかしく動く。その妖艶《ようえん》さに知らず、唾が喉を落ちた。

キスを解いて、唇を首筋に這わせると白い肌が小さく震える。

身体の曲線に沿って唇を滑らせて、膨らみの頂きを口に含めば、甘くて艶《つや》やかな声が部屋に響いた。

舌で優しく嬲《なぶ》ると自分のそれより一回りも小さい掌が肩を掴んで、腕で頭を抱き込まれる。まるでもっとと急かすように、その動きは一層激しくなっていくのだ。きっと、楓はわかっていないままやっているんだろうと思う。

その可愛くていやらしい仕草が俺をめいっぱい煽っている——そのことに照れ屋な彼女が気づいていたら、平然とそれをできるわけがない。

甘い悲鳴を耳にしながら、あいていた掌で太ももをなでる。

もどかしいと感じているだろう揺れる膝の間に、手を忍ばせる。足の付け根をなぞり、太ももをなでて、ふくらはぎをゆっくりともみしだくと、立てられた膝が震えた。

「ぁ、あ……っ」

「……エッロ……楓、今自分がどんな顔してるか。わかってる?」

「やっ……しらな……っああっ!」

「なら教えてあげる。——俺が欲しいって、全身で言ってるんだよ」

言いながら、蜜の溢れるその場所に指を突き立てると、楓の身体がびくんと一度だけ跳ねてから、小刻みに震えた。

ナカに入り込んだままの指は、心地いい圧迫感に包まれて、きゅうきゅうと締め付けられる。

「まだ、指だけだよ、楓。まだへたっちゃダメだからね」

「あ、ぁ、っふあ……っ」

ゆっくりと動かし始めた指で、もうとうの昔に見つけていたその場所を少し強めにこすると、楓の声の色に一層甘さが加わっていく。

はやる気持ち抑えつつ、彼女の快感を引き出すようにナカと入り口のすぐ近くにある粒を刺激する。

何度も何度も甘い声を上げながら、耐えるようにシーツを掴んで身体を揺らす彼女の色っぽさに、今にも我慢がきかなくなりそうだった。

胸を嬲《なぶ》り、ナカにうずめた指を激しく動かせば彼女の愛らしい唇から艶やかな声が溢れる。

それが、自分を殊更煽って、熱が溜まっていく。

「楓……っ」

まだ繋がってさえいないのに、自分の息が荒い。

一層奥にそれを押し込んで、楓の弱い場所を強くこすると、甲高い声を上げた彼女の身体がビクビクと跳ねた。

「あ、ぁ、は……っ」

「……可愛い」

「ん……りゅ、のすけさ……」

「今度は、俺の番、ね」

汗で濡れている額に口づけを落として、膝の間に身体を進める。準備の整ったそれを、楓の未だ熱く、甘美な蜜をこぼしているその場所に押し当てた。

「……愛してる」

「んっ……」

「楓が大事なものごと、俺が幸せにするから」

「ああっ……！」

「っ……ぁ……っ」

うねる壁が、入り込んだそれを強く締め付ける。甘い痺れが身体を襲う。彼女の身体を気遣ってやりたいのにそれができないほど全身を幸福感が包んで、もっとと求めていた。

「あぁっりゅ、のすけ、あんっあ、あ、はあ……っ」

「愛してる」も、「好きだ」も、言葉自体は陳腐だと、自分の中の感情を言い表すには何かが足りないと思うのに、繰り返しその言葉が口をついて出る。

何度好きだと、何度愛してると言っても、言い足りない。この気持ちが、余すことなくこの愛してやまない女性に伝わればいいのに。

そう願うのはのは何度目か、自分にもわからなかった。

「あ、だめ、だめぇ……っ」

「はっ、楓……っ！」

激しく彼女を攻め立てて、その身体の奥に自身を穿《うが》つ。

艶《つや》やかな声に混じる、淫猥《いんわい》な水音。絡む互いの吐息に見えた、楓と共に歩く未来に、俺は酔いしれた。

＊＊＊

「楓、おめでとう」

「かえちゃんお幸せにー！」

「おめでとう、かえちゃん」

頭から振りかけられるフラワーシャワーの感触がくすぐったい。

隣を歩く世界で一番愛してる女の子は、幸せそうに笑みを浮かべていた。

「ねえ龍之介さん」

「ん？」

呼びかけられて視線を向けると、楓は何かを思い出したように小さく笑う。

いつも可愛い、綺麗だと思っていたけれど、特別なドレスをその身にまとい、隣を歩いている姿は光り輝いているように見えた。

「私ね、最初、龍之介さんのこと、王子って呼ばれてても性格最悪だって思ってた」

「……そうだろうね」

笑顔を崩さなかったのは日頃から作りなれてるからだ。だがしかし、そう思われても仕方なかっただろう。あの頃の俺は、色々間違えていたと自分でも思う。

両側からフラワーシャワーを投げてくれている楓のきょうだいや、他の参列者に笑みを向けて、長い階段をゆっくりと二人で降りていく。

「人のことおもちゃにしてー！　って、何回思ったかわかんないや」

「まぁ、楓の反応、面白いしね。今でも」

「……少しは大人になってます！」

「そう？　楓はいつまでも可愛いままだと思うけど」

「……。まぁそれはともかく」

最後の一段を降りて、今度は二人、今降りてきた階段を見つめるように参列者が並ぶその道を見上げた。

みんながみんな、祝福してくれるのだと、そう伝わってきた。そしてその感情が嬉しく、また自分の中の覚悟が固められたような気がした。

「私ね、王子様のおもちゃになれてよかったって、今ではそう思ってるよ」

「……おもちゃ、ね」

「だってそうでしょう？　龍之介さんは、王子様で、私はお気に入りのおもちゃだったからこそ、龍之介さんのことちゃんと知ることができて、心から好きになれて、こんなにも愛してるって思えるようになったんだから」

ニコニコと笑いながらそう続けて、いたずらっ子のような視線を向けてきた楓に、俺は不覚にも頬が火照《ほて》るのを自覚した。

「参ったね。どこまで俺のこと煽《あお》るんだか……」

「!?　煽ってなんかないよ!?」

「そろそろ自覚した方がいいんじゃないかなぁ」

だって楓は俺にとって唯一無二の、愛し続けるって決めた、一番可愛い女の子だよ。

仕返しのつもりで耳元でそう囁くと、彼女は頬を赤く染めて、だが、嬉しそうに笑みを深くした。


俺は今日から、彼女と二人でこの先一生続く長い道を歩いてく。

本書は、2013年6月当社より単行本として刊行されたものに書き下ろしを加えて文庫化したものです。

EB

エタニティ文庫

王子様《おうじさま》のおもちゃ。

橘《たちばな》 志摩《しま》

2015年1月15日初版発行

文庫編集－橋本奈美子・羽藤瞳
編集長－塙綾子
発行者－梶本雄介
発行所－株式会社アルファポリス
〒150-6005 東京都渋谷区恵比寿4-20-3 恵比寿ガーデンプレイスタワー5階
TEL 03-6277-1601（営業） 03-6277-1602（編集）
URL http://www.alphapolis.co.jp/
発売元－株式会社星雲社
〒112-0012東京都文京区大塚3-21-10
TEL 03-3947-1021
装丁イラスト－中条亮
装丁デザイン－MiKEtto
（レーベルフォーマットデザイン―ansyyqdesign）
印刷－株式会社暁印刷

価格はカバーに表示されてあります。
落丁乱丁の場合はアルファポリスまでご連絡ください。
送料は小社負担でお取り替えします。

ISBN978-4-434-20086-1 C0193